Catherine Graciet et Éric Laurent sont journalistes. Elle est l'auteur (avec Nicolas Beau) de *Quand le Maroc sera islamiste* (2006) et de *La Régente de Carthage* (2009). Il a notamment publié *La Guerre des Bush* (2003) et *La Face cachée du pétrole* (2005).

Catherine Graciet
Éric Laurent

LE ROI
PRÉDATEUR

Éditions du Seuil

TEXTE INTÉGRAL

ISBN 978-2-7578-3085-7
(ISBN 978-2-02-106463-6, 1re publication)

© Éditions du Seuil, mars 2012

Avant-propos

Notre livre décrit une prédation royale. Depuis son accession au trône, en 1999, Mohammed VI a pris le contrôle de l'économie du Maroc dans l'arbitraire le plus absolu. Une stratégie d'accaparement marquée par la corruption effrénée de ses proches.

Au Maroc, en 2012, la monarchie impose toujours le silence et le secret sur ses agissements, ce qui a rendu notre enquête souvent délicate à mener.

Pendant plusieurs mois, nous avons rencontré plus de quarante témoins sur le sol marocain mais aussi à l'étranger, par souci de prudence.

Afin d'éviter les fuites, nous n'avons parfois révélé à nos interlocuteurs qu'une partie de notre projet. Ceux qui ont accepté de nous parler se divisent en trois catégories : des hommes proches du Palais ou du premier cercle gravitant autour du roi, capables d'en décrire les mœurs, le fonctionnement et les intrigues ; des experts, dont les compétences précieuses permettent de déchiffrer l'opacité des affaires royales dans des secteurs tels que l'agriculture, la finance, etc. ; et, enfin, des politiques, qui connaissent certains domaines sensibles que nous souhaitions aborder.

Ils ont accepté de nous parler mais, à l'exception de cinq d'entre eux, ils ont tous exigé que nous garantissions leur anonymat et modifions des détails qui auraient pu permettre de les identifier.

La monarchie marocaine a instauré parmi les élites dirigeantes une véritable « culture de la docilité ». Mais, surtout, elle fait peur : lorsqu'elle s'abat, la disgrâce royale condamne socialement mais aussi financièrement et professionnellement.

Nous voulons remercier tous ceux qui nous ont aidés et qui sont conscients que les dérives royales que nous décrivons exigeaient d'être révélées.

Ils connaissent notre attachement sincère au Maroc et à son peuple. Nous avons l'un et l'autre travaillé comme journalistes dans ce pays. L'une de nous, Catherine Graciet, a travaillé au sein de la rédaction du grand journal d'opposition *Le Journal hebdomadaire*, depuis lors fermé par les autorités, et a notamment passé une année en poste au Maroc, à Casablanca. Cela lui a permis d'apprendre à connaître les coulisses politiques et économiques du royaume, ainsi que ses protagonistes. L'autre, Éric Laurent, a rencontré à de nombreuses reprises en tête à tête Hassan II, dans ses différents palais, en vue de réaliser un livre d'entretiens avec lui. Intitulé *La Mémoire d'un roi*, cet ouvrage est paru en 1993. Cette expérience lui a permis d'observer de façon privilégiée les mœurs du Palais et de la Cour.

Au Maroc, la monarchie demeure le seul pouvoir. Elle continue de prospérer puisqu'elle a eu la bonne idée de transformer, depuis des décennies, la vie publique et les institutions en un théâtre d'ombres. Les excès du roi sont protégés par une omerta que nous avons décidé de briser avec ce livre. Nous démontons non seulement les mécanismes d'un système, mais aussi les ressorts psychologiques internes qui ont transformé le prétendu « roi des pauvres » en un véritable « roi prédateur ».

CHAPITRE I

Mohammed VI en roi Midas

En juillet 2009, le magazine américain *Forbes* créa la surprise en publiant sa liste annuelle des personnalités les plus riches du monde. Dans le classement spécialement consacré aux monarques, le roi du Maroc, Mohammed VI, faisait une surprenante apparition à la septième place, avec une fortune évaluée à 2,5 milliards de dollars. Il devançait des rivaux en apparence pourtant plus richement dotés, comme l'émir du Qatar, au sous-sol regorgeant de gaz et de pétrole, ou celui du Koweït, dont la fortune, selon *Forbes*, était six fois inférieure à celle du souverain marocain.

En 2009, la crise financière mondiale survenue un an plus tôt avait frappé de plein fouet l'ensemble des revenus, y compris ceux des plus fortunés. Pourtant, Mohammed VI, dont la fortune avait doublé en cinq ans, semblait mystérieusement échapper à ces aléas puisque *Forbes* le plaçait en tête du classement des personnalités ayant accru leurs richesses durant l'année 2008.

Il existait bien entendu entre ce « top ten », où figurait le monarque marocain, et les profondeurs du classement où stagnait son pays une distance considérable.

Dans le rapport mondial sur le développement humain élaboré par le PNUD, l'agence des Nations unies pour le développement, couvrant la période 2007-2008, le Maroc est en effet classé au 126ᵉ rang (sur 177 États) du point de vue du « développement humain », et le taux de pauvreté du pays atteint 18,1 %[1]. Mieux encore, plus de cinq millions de Marocains vivent avec 10 dirhams par jour, soit un peu moins de 1 euro[2], et le salaire quotidien minimum légal n'excède pas les 55 dirhams (5 euros). Pour ne rien arranger, en 2008, la dette publique du Maroc a bondi de 10 % en un an, pour atteindre 11,9 milliards d'euros, soit 20 % du PIB.

Le classement de *Forbes* ne faisait que soulever pudiquement un coin du voile sur l'ampleur d'une fortune royale en vérité beaucoup plus importante. Surtout, il taisait ou ignorait les moyens mis en œuvre pour parvenir à amasser une telle richesse. Il liait la fortune du roi à l'augmentation du prix des phosphates, dont le Maroc est l'un des premiers producteurs mondiaux, et, ce faisant, se trompait d'époque.

Un coup d'État économique

Pendant longtemps, durant le règne d'Hassan II, l'OCP (Office chérifien des phosphates) avait vu une part importante de ses bénéfices – jusqu'à 50 %, estimait-on –, soustraite au budget public pour satisfaire aux dépenses du souverain. Un arbitraire royal

---

1. Fédoua Tounassi, « Mohammed VI, un roi en or massif », *Courrier international*, n° 975, 9 juillet 2009.
2. Le taux de conversion des dirhams en euros étant soumis à des variations, nous avons opté pour un taux moyen de 1 euro = 10 dirhams.

somme toute comparable à celui que pratique la famille régnante saoudienne, qui accapare une bonne partie de la manne pétrolière.

« Mon pays m'appartient », estimait Hassan II, qui appliqua avec constance ce principe. Son style de vie était particulièrement dispendieux. Il aimait le luxe, les dépenses somptuaires, et pourtant jamais il n'apparut dans le classement des plus grandes fortunes. Si son fils, en moins de dix ans de règne, a accompli ce bond quantitatif, c'est parce qu'il s'est livré à une sorte de hold-up à l'encontre de l'économie de son pays. Une prise de contrôle de tous les secteurs clés, un coup d'État économique larvé où l'apparence de légalité s'est employée à masquer l'ampleur de l'arbitraire.

Partout, à travers le monde, des dirigeants autoritaires ou des dictateurs détournent une partie des richesses nationales à leur usage personnel. Le plus souvent il s'agit de matières premières, comme le pétrole. Mais ce pillage revêt un caractère en quelque sorte illicite, hors la loi.

L'abus de pouvoir au Maroc, tel que nous allons le révéler, est d'une tout autre nature et relève d'une situation inédite, sans précédent. Ce pays présente en effet toutes les apparences d'un système économique normal, et à certains égards sophistiqué : banques, entreprises, secteur privé. Une réalité dont il convient de parler au passé. Le secteur économique marocain ressemble désormais à un village Potemkine qui dissimulerait les prédations royales.

Un maître des forges français, Wendel, avait énoncé au début du XXe siècle un principe que Mohammed VI et son entourage semblent avoir repris à leur compte : « Le bien ne fait pas de bruit ; le bruit ne fait pas de bien. » Le roi est désormais le premier banquier, assureur, exportateur, agriculteur de son pays. Il contrôle également le secteur de l'agroalimentaire, de la grande distribution et de l'énergie. Une prise de contrôle feutrée. Pourtant, l'enrichissement effréné du souverain et de quelques hommes à son service peut avoir des conséquences politiques incalculables, au moment où la population est touchée de plein fouet par une crise qui l'appauvrit et fragilise les classes moyennes. C'est pourquoi leurs agissements ont partie liée avec le silence et l'ignorance.

La révélation de *Forbes* fut suivie par un épisode de censure particulièrement absurde. En juillet 2009, l'hebdomadaire français *Courrier international* fut interdit sur le territoire marocain. Il avait reproduit, sous le titre « Un roi en or massif », un article de la journaliste Fédoua Tounassi publié un peu plus tôt par la publication marocaine *Le Journal hebdomadaire*. Ce zèle absolu, et à contretemps, des censeurs traduisait l'extrême nervosité provoquée par la divulgation d'informations portant sur la fortune royale. Un tabou jusqu'ici inviolé, comme tout ce qui a trait à la personne du roi.

En montant sur le trône en 1999, Mohammed VI avait reçu le qualificatif flatteur de « roi des pauvres ». Dix ans plus tard, on découvrait qu'il était devenu le « roi des bonnes affaires ». Plus choquant encore, il aime être présenté comme un « businessman », terme ici totalement vidé de son sens puisque la détention d'un pouvoir absolu lui permet de réduire à néant toute concurrence.

Un rapide parallèle avec d'autres monarchies, fussent-elles de nature constitutionnelle, permet de comprendre que nous sommes ici aux antipodes de toute éthique démocratique. Imaginerait-on la reine d'Angleterre ou le roi d'Espagne à la tête des plus grands établissements financiers, industriels, agricoles de leur pays, opérant dans une situation de monopole à peine dissimulée ?

Les trente-huit années du règne d'Hassan II furent ponctuées de coups d'État et de crises diverses. Mais l'homme était un redoutable animal politique, doté d'un instinct de survie impressionnant. Dans les années 1960 et 1970, au moment où la plupart des pays nouvellement indépendants choisissaient la voie socialiste, il se tourna habilement vers l'économie de marché tout en mettant en œuvre une stratégie d'accaparement de la rente.

Le jardin secret du roi

Attentif à ses intérêts, Hassan II a toujours veillé à ce que la famille royale – et d'abord lui-même – bénéficie de revenus financiers conséquents. Mais, omniprésent dans le champ politique, il se désintéressait fondamentalement des questions économiques. Son successeur, lui, demeure une véritable énigme politique : inexistant sur la scène internationale, souvent absent de la scène intérieure, il n'a jamais accepté d'être interviewé par un journaliste marocain, n'a jamais accordé la moindre conférence de presse, et il paraît se désintéresser de la politique comme de son pays. En revanche, hyperactif dans le contrôle de ses affaires, il semble regarder le Maroc comme un marché captif soumis à son bon vouloir.

Le goût des bonnes affaires est le jardin secret du roi, un secret qui fut longtemps soigneusement gardé par ses conseillers-courtisans, mais un jardin qui s'étend aux frontières du royaume.

Cette prédation autarcique traduit un étrange aveuglement au moment même où l'Histoire, dans le monde arabe, est en mouvement. La dénonciation de la corruption était en effet au cœur des slogans lancés par les peuples qui ont eu raison des régimes autoritaires en Tunisie, en Égypte et en Libye. Au Maroc, les manifestations qui se déroulent ces temps-ci à travers le pays mettent nommément en cause les deux collaborateurs les plus proches du roi et stratèges de sa mainmise sur l'économie et la politique du royaume.

Dans un univers aussi soigneusement codé et feutré que le Maroc, ces attaques visent en réalité la personne même du souverain, auquel il serait sacrilège de s'attaquer frontalement. Aussi l'annonce par *Forbes* en 2009 du montant supposé de la fortune royale rendit-elle les proches collaborateurs du roi extrêmement nerveux.

Le 1er août 2009, le Palais, par le biais du ministre de l'Intérieur, fit saisir et détruire le dernier numéro du magazine indépendant *TelQuel* et sa version arabophone, *Nichane*. Motif : la publication d'un sondage à l'échelle nationale pour savoir ce que les Marocains pensaient du souverain. Un cas de censure odieux, mais surtout absurde : le peuple portait un jugement positif sur l'homme monté sur le trône dix ans plus tôt. Le porte-parole du gouvernement et ministre de la Culture usa alors d'une formule péremptoire : « La monarchie ne peut être mise en équation. » En équation peut-être pas, mais en chiffres certainement, d'où l'inquiétude qui s'emparait de ces exécutants à la manœuvre.

Principe de base au Maroc, sécrété par le système : tout homme détenteur d'une parcelle de pouvoir est un courtisan s'efforçant de toutes ses forces de défendre le roi pour mieux se protéger lui-même. *Le Monde*, qui publia les résultats du sondage, fut interdit deux jours plus tard au Maroc. Les autorités marocaines récidivèrent ensuite en bloquant l'édition du quotidien en date du 22 octobre 2009. Sa une exhibait un dessin de Plantu montrant un personnage coiffé d'une couronne, tirant la langue avec ce qui ressemblait à un nez de clown. La légende mentionnait : « Procès au Maroc contre le caricaturiste Khalid Gueddar qui a osé dessiner la famille royale marocaine[1]. »

Désormais l'opinion se fait entendre dans les pays arabes. Une irruption fâcheuse, qui perturbe la stratégie et complique les objectifs des dirigeants en place. Sauf au Maroc, où, impavides, le roi et ses exécutants continuent de se livrer à la prédation.

Le Makhzen est le mot par lequel on désigne l'appareil d'État entourant le souverain. Ses caractéristiques : une soumission aveugle aux ordres du monarque et un désir effréné de satisfaire des besoins que la position occupée au sein de la hiérarchie permet d'assouvir. Pour les hommes du Makhzen, le Maroc n'est qu'une mine à ciel ouvert où l'on est susceptible de puiser en toute impunité. Un monde où le sens de l'intérêt général et de l'intérêt national n'existe pas. C'est ainsi que le souverain marocain et ses proches conseillers pratiquent cette forme dégradée du pouvoir qu'est l'abus permanent.

1. *Le Monde*, 22 octobre 2009.

CHAPITRE II

Quand la monarchie vit
aux crochets de ses sujets

Le revenu annuel par tête d'habitant au Maroc était en 2009 de 4 950 dollars, soit moitié moins que celui des Tunisiens et des Algériens[1]. Pourtant, ce pays pauvre doté d'un État faible est une source inépuisable de satisfaction pour le roi. En s'octroyant la plus grande partie de l'économie du pays, il accroît une fortune personnelle déjà immense, tandis que le budget (modeste) de l'État prend en charge toutes ses dépenses. Règle numéro un : le souverain et sa famille ne paient aucun impôt. Règle numéro deux : sur ce sujet, l'opacité et le silence sont la règle, et cette très généreuse « couverture sociale » octroyée au monarque et à ses proches ne souffre aucun débat.

La première Constitution, élaborée en 1962 par Hassan II, mentionnait pudiquement : « Le roi dispose d'une liste civile. » Près de cinquante ans plus tard, le projet de la nouvelle Constitution, élaboré par son fils, reprend, en son article 45, les mêmes termes lapidaires. Une discrétion à laquelle les membres du Parlement sont sensibles. Toutes tendances politiques confondues,

---

1. Banque mondiale, 2009. Liste des revenus par tête d'habitant.

ils votent chaque année sans discuter, et à l'unanimité, le budget annuel octroyé à la monarchie. Pour expliquer cette touchante passivité, un député confia un jour à un journal marocain : « Généralement, on n'ose même pas prononcer les mots "budget royal" au moment du débat sur la loi de finances[1]. »

Mohammed VI se voit ainsi verser chaque mois 40 000 dollars, un salaire royal dans tous les sens du terme, puisqu'il est deux fois plus élevé que celui du président américain et celui du président français. Les pensions et salaires royaux, d'un montant annuel de 2,5 millions d'euros, englobent les émoluments versés au frère du roi ainsi qu'à ses sœurs et aux princes proches[2]. Le tout sans qu'il soit dit un mot de la ventilation entre eux. Tous les membres de la famille royale perçoivent en outre leur propre liste civile, versée par l'État marocain en contrepartie de leurs activités officielles ; le plus souvent bien modestes. La générosité du contribuable marocain, mis ainsi à contribution, sert à financer celle du roi. Sous la rubrique « Subventions du roi et de la Cour[3] », 31 millions d'euros (310 millions de dirhams) sont en effet octroyés au souverain afin qu'il les redistribue, selon son bon vouloir, en dons et subventions. Une somme dont l'usage échappe naturellement à tout contrôle, mais on sait qu'au temps d'Hassan II elle servait en partie de caisse noire pour s'assurer les faveurs de certaines personnalités politiques, marocaines ou étrangères, et récompenser

1. Driss Ksikes et Khalid Tritki, « Enquête. Le salaire du roi », *TelQuel*, n° 156-157.
2. *Ibid.*
3. *Ibid.*

pour sa fidélité l'étrange tribu française des « amis du Maroc », composée de journalistes, d'académiciens, de médecins, d'avocats et d'anciens responsables des services de renseignements...

Chaque année, tous ces « bénéficiaires » recevaient un carton d'invitation frappé aux armoiries royales, les conviant à la fête du Trône, ainsi que des billets d'avion de première classe. Dans la cour du palais, inondée de soleil, où se retrouvaient tous les corps constitués, ils formaient une masse sombre, distincte. La Légion d'honneur à la boutonnière, pour la plupart d'entre eux, ils respiraient la satisfaction et la respectabilité. Manifestement honorés de faire partie des « élus », ils attendaient avec impatience le moment où ils pourraient enfin s'incliner devant le roi en lui baisant la main. Pourtant, cette tribu était aussi prudente que vaniteuse. Pour rien au monde elle n'aurait renoncé à ses privilèges, mais elle répugnait à s'impliquer dans la défense du souverain. Chaque attaque contre Hassan II les trouvait silencieux, gênés, comme absents. Le seul qui défendit, et avec courage, le roi du Maroc fut l'animateur Jacques Chancel. Par contraste, Maurice Druon, le secrétaire général de l'Académie française, qui se réjouissait tant de côtoyer le roi du Maroc, se réfugia toujours dans un silence prudent.

Douze palais royaux

Les douze palais royaux répartis à travers le pays, auxquels s'ajoutent une trentaine de résidences où travaillent plus de mille deux cents personnes, sont pris en charge par le Trésor public à hauteur de 1 million de dollars par jour[1]. De ces douze palais, le roi actuel, comme son père d'ailleurs, n'en occupe régulièrement que trois ou quatre, nombre d'entre eux n'ont même jamais reçu sa visite. Mais peu importe, tous sont entretenus avec le même soin vigilant. Jardiniers, domestiques, cuisiniers s'affairent dans chacun d'entre eux comme si le roi allait surgir à tout instant, même si l'on sait qu'il séjourne au même moment à l'autre bout du pays ou qu'il voyage à l'étranger.

Les salariés employés par le palais coûtent chaque année près de 70 millions de dollars au budget de l'État. Une structure pyramidale qui s'élève depuis les plus humbles serviteurs du roi jusqu'au sommet de l'appareil, composé du cabinet royal (trois cents employés permanents), du secrétariat particulier du roi, du cabinet militaire, de la bibliothèque et du collège royal, de plusieurs cliniques et de l'entretien du mausolée de Mohammed V où sont enterrés le premier roi et son successeur Hassan II[2].

Le parc automobile, lui, bénéficie d'un budget de 6 millions d'euros, consacrés au renouvellement des véhicules utilitaires mais aussi à l'entretien des voitures de luxe appartenant au souverain. À l'époque d'Hassan II, le visiteur ne manquait pas d'être surpris en découvrant l'abondance de Rolls Royce, Cadillac, Bentley et autres modèles de luxe soigneusement alignés dans les garages royaux. Son successeur, lui, n'hésite pas à affréter un avion militaire marocain, de type Hercules, pour transporter son Aston Martin DB7 en Angleterre jusqu'au siège du constructeur, afin qu'elle puisse être réparée

1. Devon Pendleton, « King of Rock », *Forbes*, 17 juin 2009.
2. *Ibid.*

dans les plus brefs délais[1]. Il est également le client privilégié de Ferrari, dont il achète de nombreux modèles.

Ses caprices vestimentaires ont également un coût pour le budget de l'État : 2 millions d'euros par an. Son père se plaisait à changer de tenue trois fois par jour, et il fit la fortune du couturier parisien Smalto. Mohammed VI, lui, semble avoir une prédilection pour les tissus rares. Il s'est fait confectionner par des tailleurs londoniens un manteau en laine de lama facturé 35 000 livres sterling[2]. Un million de dollars est par ailleurs dévolu à l'entretien des animaux vivant dans les palais[3].

Autre poste dispendieux budgété dans la loi de finances : les déplacements à l'étranger du roi et de sa Cour, qui, en 2008, étaient budgétés à hauteur de 380 millions de dirhams (38 millions d'euros)[4]. Même s'il possède plusieurs jets, il est fréquent que des appareils appartenant à la Royal Air Maroc (RAM), la compagnie nationale, soient réquisitionnés pour transporter le souverain, sa suite et son mobilier personnel. Le Boeing de Sa Majesté[5] affiche un luxe ostentatoire et a été équipé d'une chambre à coucher, d'un bureau-salle de réunion, d'appareils de musculation et d'équipements stéréo dernier cri.

En 2006, le coût d'une heure de vol d'un seul Jumbo-jet 747 appartenant à la Royal Air Maroc s'élevait à

---

1. Neil Syson, « King flies Aston 1,300 miles to fix it », *The Sun*, 24 septembre 2009.

2. « Le roi de la sape », *TelQuel*, n° 361, du 20 au 27 février 2009.

3. *Ibid.*

4. Fadoua Ghannam et Souleïman Bencheikh, *TelQuel*, n° 400, décembre 2008.

5. Nicolas Beau et Catherine Graciet, *Quand le Maroc sera islamiste*, Paris, La Découverte, 2006.

18 000 dollars. De surcroît, le roi est souvent accompagné de deux cent cinquante à trois cents personnes, qui embarquent dans un Boeing 747 Jumbo et deux Boeing 737-400, auxquels il faut ajouter trois Hercules C-130 pour les meubles et les bagages. Avec des déplacements de trois semaines en moyenne et soixante heures de vol hebdomadaires, la facture dépasse les 3 millions de dollars par voyage. Une somme faramineuse à laquelle il faut ajouter une facture quotidienne de 1,8 million de dollars en moyenne, correspondant aux frais d'hébergement de la Cour.

Du 24 novembre au 7 décembre 2004, Mohammed VI, accompagné d'une délégation de trois cents personnes, a visité le Mexique, le Brésil, le Pérou et l'Argentine[1]. Au terme de ce périple, il s'est installé durant trois semaines, avec toute sa Cour, dans un complexe touristique paradisiaque de la République dominicaine. Ses voyages officiels à l'étranger sont presque toujours suivis de vacances prolongées. À Paris, il descend dans l'une de ses résidences ou bien à l'hôtel Crillon, place de la Concorde. À New York, il occupe un luxueux pied-à-terre près de Central Park.

L'État finance et entretient le roi

Pour comprendre à quel point l'État marocain est devenu la vache à lait de la monarchie, il faut remonter trente-cinq ans en arrière, dans les années 1980. À son

---

1. Fadoua Ghannam et Souleïman Bencheikh, « La machine des déplacements royaux », *TelQuel*, n° 400, décembre 2008.

arrivée sur le trône, en 1961, Hassan II ne disposait que de quatre palais véritablement habitables : celui de Casablanca, qui sera agrandi et restauré, comme ceux de Rabat et d'Ifrane, sur les contreforts du Moyen Atlas, et, enfin, la résidence royale de Dar Essalam, dans la banlieue de Rabat. Véritable roi bâtisseur, mais uniquement préoccupé de sa gloire et de son confort, il commença à édifier dans le Nord un palais sur les hauteurs de Tanger, où il ne se rendit pratiquement jamais, puis un autre dans le sud du royaume, à Agadir, où durant ses trente-huit années de règne il séjourna en tout et pour tout vingt-quatre heures. Coût final, dit-on : 160 millions de dollars.

Sous son règne, trois mille artisans travaillèrent à la rénovation du palais de Marrakech, à l'agrandissement de celui de Fès, déjà immense, puis au réaménagement et à la décoration de ceux de Meknès et de Tétouan. Un deuxième palais, qui restera aussi peu fréquenté que le premier, fut construit à Agadir, puis un autre à Erfoud. En bord de mer, à Skhirat, Hassan II fit aménager un palais d'été, entouré d'un jardin somptueux, et, à une quarantaine de kilomètres de Rabat, une ferme royale, où était installé son haras : on y logeait de magnifiques pur-sang arabes, achetés à travers le monde ou offerts par le roi d'Arabie Saoudite ou encore le cheik Zayed, qui présidait la fédération des Émirats arabes unis.

Hassan II avait confié l'exécution de ces travaux à l'architecte français André Paccard, dont il fit la fortune avant de le frapper de disgrâce. Mais ces caprices architecturaux avaient un prix considérable qu'Hassan n'avait aucune envie de supporter. Au début des années 1980, il décida ainsi de créer un nouveau ministère qui, étrangement, demeurait totalement indépendant du gouvernement : le ministère de la Maison royale, du Protocole et de la Chancellerie, confié à l'un de ses fidèles, le général Moulay Hafid El-Alaoui. Un habile et cynique tour de passe-passe. Les palais continuaient en effet d'appartenir au roi, mais ils étaient gérés par ce faux ministère – et leur fonctionnement serait désormais financé sur les deniers publics.

Pour épargner encore davantage les ressources royales, le général El-Alaoui imagina un autre stratagème : recruter l'essentiel du personnel des palais parmi le personnel des différents départements ministériels, qui verseraient les salaires des employés du roi. Plusieurs cadres du ministère des Finances et des officiers supérieurs de l'armée furent ainsi transférés et placés à des postes d'intendant ou de conservateur.

Financé et entretenu par l'État, le pouvoir royal va oser pousser encore son avantage, à l'initiative d'Abdelfattah Frej, le secrétaire particulier du roi. Un petit homme courtois, effacé, détenteur de tous les secrets financiers de la monarchie et, dit-on, un peu porté sur la boisson. Il habitait, dans le quartier résidentiel de Rabat, une superbe villa dotée d'une piscine hollywoodienne qu'il n'utilisait jamais, mais en bordure de laquelle il avait fait installer deux immenses réfrigérateurs, remplis l'un et l'autre de bouteilles de champagne millésimé.

L'idée de Frej était simple : puisque les deniers publics finançaient la monarchie, autant en profiter pour enrichir davantage encore le roi sur le dos de l'État. Mais, ce faisant, il ouvrait sans le savoir une véritable boîte de Pandore : cette stratégie, appliquée à l'échelle des palais royaux, fut en effet exactement celle que Mohammed VI allait appliquer, vingt ans plus tard, à l'échelle du pays. Le prince héritier avait eu largement le temps d'observer les avantages du système, d'une simplicité confondante.

Frej dirigeait le holding royal baptisé Siger (anagramme de Régis, roi en latin). Les filiales du groupe seraient les fournisseurs exclusifs des palais et résidences royales. Ainsi, la société Primarios devint, et reste aujourd'hui encore, le fournisseur exclusif en matière d'ameublement et de décoration. Ainsi encore, toute l'alimentation consommée à l'intérieur des enceintes royales provient exclusivement des Domaines royaux, les propriétés agricoles du roi : officiellement douze mille hectares des meilleures terres du pays, probablement dix fois plus en réalité. On y trouve en tout cas les fermes les plus performantes du royaume, dont les produits bénéficient de la priorité à l'exportation, au détriment des autres produits marocains. Toutes ces commandes passées par les palais sont facturées au prix fort et payées par le truchement du ministère de la Maison royale, du Protocole et de la Chancellerie, bref, par l'État marocain.

En 2011, l'agriculture demeure l'un des principaux piliers de l'économie du pays. Une activité soumise évidemment aux aléas climatiques et dont les répercussions politiques n'échappaient pas à Hassan II : « À choisir, confiait-il, entre un bulletin météo et un rapport de police, je privilégie le premier. Il peut être annonciateur de tensions. »

En fait, il accordait le même intérêt aux deux. Épisode révélateur. Un jour, Hassan décide de quitter son palais d'Ifrane, sur les contreforts de l'Atlas, et de regagner Rabat en voiture. Sur ces routes de montagne, ce n'est pas un convoi officiel qui s'étire mais un étalage provocant de luxe. Hassan II, lui-même au volant d'une Rolls-Royce, change de véhicule après quelques dizaines de kilomètres, au profit d'une Cadillac. Plus de quarante véhicules serpentent ainsi, croisant une foule de paysans pauvres, massée, incrédule, sur les talus au bord de la route. Le secrétaire du roi déclare, agacé : « Sa Majesté voulait voyager en toute discrétion, je me demande qui a pu prévenir les habitants de notre passage. » Le pays du mensonge déconcertant.

Chaque collaborateur, le moindre courtisan sait que le roi ne supporte pas le vide et l'absence de ses sujets autour de lui. Des ordres sont donc transmis dans l'urgence aux préfets, à toutes les autorités, pour réquisitionner en hâte la population, l'installer au cœur des agglomérations où elle attendra patiemment, pendant des heures, le passage éclair du cortège. Tous les acteurs de cette mise en scène ont un jour ou l'autre été confrontés aux colères et aux caprices du roi, et ils savent qu'ils jouent leur avenir. L'œil exercé du souverain évalue en un instant l'ampleur de la foule ou la modestie de l'assistance. Le collaborateur courtisan qui a donné les ordres redoute la disgrâce, et les fonctionnaires locaux qui les exécutent sont conscients que leur carrière peut brusquement prendre fin.

Les gouttes de pluie comme lingots d'or

Au cours de ce périple entre Ifrane et Rabat, chaque entrée dans une localité donne lieu au même rituel. Le cortège s'arrête aux abords de la ville, les forces de sécurité se déploient, et le roi quitte le véhicule qu'il conduit pour prendre place à l'arrière d'une Mercedes 500 à toit ouvrant, où, debout, il salue la foule pendant la traversée de l'agglomération.

Soudain, ce jour-là, une pluie violente s'abat au moment où il ouvre les bras dans un geste d'amour et de communion avec ses « chers sujets », comme il se plaît à les nommer. Le village traversé, le cortège s'interrompt à nouveau, et Hassan II, le visage ruisselant de pluie, gagne un mobile home où cinq de ses plus proches courtisans l'attendent, anxieux, une serviette à la main. Laquelle, se demandent-ils, va-t-il choisir ? Il attrape la première sans un regard, s'installe dans un immense fauteuil en cuir sur le dossier duquel sont gravées ses armoiries, et s'essuie le visage.

– Majesté, s'enquiert d'une voix pleine d'humilité l'un des hommes dont la serviette n'a pas été choisie, n'êtes-vous pas trop mouillé ?

– Pas du tout, répond-il dans un large sourire. Ce ne sont pas des gouttes de pluie qui sont en train de tomber, mais de véritables lingots d'or. L'arrivée de la pluie laisse présager de bonnes récoltes et donc, réjouissons-nous, la paix sociale…[1]

Les Domaines royaux, irrigués et arrosés avec soin, ne sont pas soumis à ces aléas climatiques. Pourtant, Hassan II a fait voter une loi, reconduite par son successeur, qui exempte d'impôts tous les agriculteurs, et donc les Domaines royaux. Cette mesure, qui pourrait paraître généreuse, ne concerne pas en fait la majorité des paysans du Maroc, qui pratiquent une économie de subsistance. Mais elle permet aux Domaines royaux d'accroître encore leurs profits en ne versant aucune redevance à l'État.

Cet arbitraire royal, dont nous ne donnons ici qu'un

---

1. Propos recueillis par l'un des auteurs, Ifrane, 1993.

petit aperçu, perdure aujourd'hui dans un pays où le salaire minimum, en théorie de 200 euros par mois, est souvent bien inférieur à ce montant, en dépit des protestations syndicales.

Un ingénieur marocain, Ahmed Bensedikk, s'est exercé à une rapide comparaison à partir des chiffres officiels[1]. En 2009, le PNB du Maroc s'élevait à 90 milliards de dollars, et celui de la France à 2 750 milliards de dollars. Malgré cet écart saisissant de richesse, le budget total du Palais royal, assumé par l'État marocain, atteint 228 millions d'euros, alors que celui de l'Élysée plafonne à 112,6 millions. Le montant alloué à Mohammed VI est donc deux fois supérieur à celui dont bénéficie le président de la République française. Cet écart, significatif en soi lorsqu'on le rapporte au PNB de chacun des deux pays, souligne que la monarchie marocaine coûte au budget de l'État soixante fois plus que la présidence française.

Autre comparaison révélatrice, qui montre à quel point l'avenir est incertain dans un pays où, selon les Nations unies, 51 % de la population est âgée de moins de 25 ans. En cumulant les budgets de quatre ministères – ceux des Transports et de l'Équipement, de la Jeunesse et des Sports, de la Culture, de l'Habitat et de l'Urbanisme –, on atteint un montant de 2,26 milliards de dirhams (226 millions d'euros). Un total inférieur au seul budget du Palais, qui s'élève à environ 2,5 milliards de dirhams (250 millions d'euros[2]).

---

1. Ahmed Bensedikk, « Le coût du roi au Maroc en 2010 » (source des chiffres : loi de finances 2010), www.lakome.com.
2. *Ibid.*

Les carences du pays, la pauvreté des habitants et le sous-développement chronique de nombreuses zones ont été, pendant les premières années du règne de Mohammed VI, un champ privilégié d'activisme royal.

Pour expliquer ses multiples déplacements d'alors, il citait volontiers son père, qui avec un sens indiscutable de la formule affirmait : « Le trône des Alaouites repose sur la selle de leurs chevaux. » De même que dans les contes de fées les citrouilles se transforment en carrosse, ici les chevaux ont depuis longtemps été remplacés par d'imposants cortèges royaux, dont la logistique lourde et coûteuse contraste avec la brièveté du temps que le monarque passe sur le terrain. La visite d'un hôpital, l'inauguration d'une école ou d'un ensemble de logements sociaux (en général construits par des promoteurs immobiliers qui ont les faveurs du roi et reversent des sommes substantielles à son entourage immédiat) font l'objet de préparatifs fébriles et souvent bâclés.

D'abord on soigne le décor : les autorités locales repeignent les façades des habitations, réparent les trottoirs défoncés, fleurissent les jardins, et la population s'écrie : « Vive le roi » en pensant : « Grâce à lui, nous obtenons ce que le gouvernement est incapable de nous fournir. » Le bon peuple ignore naturellement que le coût de chaque déplacement royal est supporté par l'État.

En 2008, sur 1,9 milliard de dirhams (190 millions d'euros) qui lui sont alloués, 380 millions de dirhams (38 millions d'euros) ont été dépensés pour les déplacements du roi à l'intérieur du pays et à l'étranger. Quand ce dernier décide de s'installer pour quelques jours au chef-lieu d'une région, la police et la gendarmerie acheminent des milliers d'hommes pour quadriller la zone. Si le souverain ne possède pas de palais à proximité, les plus belles résidences sont réquisitionnées pour assurer son séjour et celui de sa nombreuse suite, composée de ses conseillers, ministres et autres courtisans. Les convois en provenance du Palais royal de Rabat ou de Marrakech transportent le mobilier, la vaisselle, les cuisiniers et les cuisines, ainsi que les serviteurs. Parfois, la restauration sur place est assurée par Rahal, le traiteur particulier du souverain. Dans toutes les maisons que Mohammed VI occupe, le système de climatisation est adapté pour que la température demeure en permanence à 15 degrés[1].

Mais cette apparente bienveillance royale produit des effets limités : l'entourage, les autorités de la région s'emploient avant tout à lui donner satisfaction, quitte à tricher. C'est ainsi qu'après l'inauguration, dans le Sud, d'un hôpital flambant neuf, doté d'un équipement moderne, l'établissement sera fermé juste après la visite du roi. Le matériel médical n'était pas encore commandé, et celui qui avait été montré au roi était loué pour l'occasion[2]...

Mohammed VI fait étalage de sa compassion à peu de frais. La fortune royale n'est en effet jamais mise à contribution pour soulager les plus démunis. Ces déplacements onéreux à travers le royaume, pourtant intégralement pris en charge par le gouvernement, ont un effet pervers dans le petit peuple, qui demeure l'un des socles de la monarchie. Ce dernier ignore bien sûr que le roi vit aux frais de cette princesse aux traits

1. *Ibid.*
2. *Ibid.*

fanés qui s'appelle l'État, et estime que face à l'incurie et à la corruption de la classe politique et de ses élus, qui sont réelles, la monarchie demeure le seul recours.

Même si les retombées concrètes continuent de se faire attendre. Ainsi, selon les experts de la Banque mondiale, le Maroc a mieux évolué durant les dernières années du règne d'Hassan II, qui s'est achevé en 1999, que durant les douze ans de règne de Mohammed VI, où les disparités entre riches et pauvres n'ont cessé de se creuser.

CHAPITRE III

Fils de son père

Mohammed VI règne maintenant depuis douze ans. Un règne marqué à la fois par la continuité et la rupture avec les trente-huit années au pouvoir de son père. Hassan II s'est employé à bâtir une monarchie suffisamment solide et respectée pour qu'elle soit maître des institutions et du jeu politique. Un absolutisme cultivé avec la même intransigeance par Mohammed VI, mais qui semble s'appliquer à des champs différents.

L'absolutisme royal d'Hassan II était résolument politique et visait à assurer la pérennité de la monarchie marocaine. L'absolutisme de Mohammed VI s'exerce, lui, essentiellement dans le domaine de l'économie et ne s'accompagne d'aucune stratégie politique pour assurer l'avenir de la dynastie qu'il incarne.

Comprendre le coup d'État économique et financier auquel s'est livré Mohammed VI suppose d'abord de bien cerner sa personnalité et les relations (conflictuelles) qu'il a entretenues avec son père. Cela implique également de pénétrer dans les coulisses de cet univers qui se dérobe à tous les regards : celui de la dynastie alaouite.

La proximité est souvent trompeuse, car elle donne l'illusion de la compréhension. Les élites françaises, de droite comme de gauche, croient connaître cette monarchie parce qu'elle règne sur un pays situé à trois heures d'avion de Paris. Invitées régulièrement dans les palaces de Marrakech et de Fès, elles reçoivent les confidences biaisées des hommes supposés proches du roi. Pourtant, derrière les hauts murs ocre qui ceinturent les palais, ce sont les mêmes intrigues et les mêmes mystères, soigneusement cachés, qui continuent de peser, de planer, d'un roi à l'autre. Les rumeurs se propagent constamment, la vérité jamais.

Au tout début de son règne, Mohammed VI envisagea d'ouvrir au public un certain nombre de palais. Les attentats meurtriers de Casablanca, survenus en 2003 et qui firent quarante-cinq morts, mirent un terme à ses bonnes intentions. Il se retrancha comme son père à l'intérieur de ses forteresses luxueuses, peuplées de serviteurs silencieux qui ressemblent à des ombres. C'est ainsi que Mohammed VI commença à se glisser dans les habits d'Hassan II.

Quand l'on demandait à ce dernier quelle activité il aurait aimé exercer s'il n'avait pas été roi, il répondait immédiatement : « Historien. » Pour une raison évidente : dès son plus jeune âge, il fut confronté aux aléas de l'Histoire et savait mieux que quiconque que, sans coup de pouce du destin, le pouvoir lui aurait définitivement échappé.

La France exerce sur le Maroc un protectorat depuis 1912. En 1953, exaspérée par ses positions favorables à l'indépendance, elle décide de déposer puis d'envoyer en exil le sultan Mohammed Ben Youssef, futur Mohammed V et père d'Hassan. Un épisode qui marquera à jamais ce dernier.

Les autorités françaises installent à sa place un petit cousin du sultan déchu, Mohammed Ben Arafa. L'homme est trop falot pour s'imposer et, trois ans plus tard, Paris doit se résigner au retour du sultan et à l'indépendance du pays. Mohammed V est le vingt et unième descendant de la dynastie alaouite, au pouvoir depuis 1659, dont les membres seraient des descendants du prophète Mahomet. Mais il devient le premier roi du pays en 1957.

La même année, il désigne son fils âgé de 29 ans, l'homme fort du régime, comme prince héritier. Une décision inspirée par ce dernier et son conseiller, Mehdi Ben Barka. Première entorse voulue par le futur Hassan II avec la tradition. Jusqu'alors, en effet, le souverain était choisi par les oulémas. Quarante ans plus tard, en veine de confidences, il déclara : « J'ai passé la plus grande partie de mon règne à essayer de réduire le nombre d'aléas qui pèsent sur la royauté. » Traduit en clair, cela signifie : « J'ai imaginé, pensé et façonné cette monarchie dans chacune de ses composantes, pour qu'elle soit durable et indiscutée. »

Sous sa houlette, le pouvoir royal devient pouvoir absolu puisque le roi détient à la fois le pouvoir temporel et le pouvoir spirituel. Chacune de ses décisions est sacrée.

Son goût pour l'histoire le conduit à comprendre que celle-ci n'est qu'une construction subjective. Hassan II adorait Alexandre Dumas, dont il rénova, sur ses propres deniers, la propriété. L'écrivain avait écrit : « L'Histoire est un portemanteau sur lequel j'accroche mes histoires. » Hassan II le paraphrasant aurait pu affirmer : « L'Histoire est le portemanteau auquel j'accroche les symboles et les institutions que j'ai choisis pour légitimer et conforter mon pouvoir. »

Peu après son arrivée sur le trône, il va tourner le

dos à la modernité et s'employer à « retraditionnaliser » le royaume. En mettant ses pas, paradoxalement, dans ceux des colonisateurs français. Un intellectuel marocain, Abdallah Laroui, qui s'était pourtant rallié à Hassan II, en dresse une analyse éclairante : « Les réformes, souvent hautement symboliques, induites par la présence des étrangers furent effacées l'une après l'autre […]. L'ère de la modernisation des esprits était terminée. Archivistes et historiographes se plongèrent dans les vieux documents, poursuivant un mouvement imaginé par les nationalistes eux-mêmes, mais à des fins opposées, pour ressusciter le protocole ancien, décrit en détail par maints ambassadeurs et voyageurs étrangers. Par petites touches fut reconstitué "le Maroc qui fut", tant de fois exhibé par l'administration coloniale pour mettre en valeur son œuvre réformatrice[1]. »

« Celui qui me désobéit désobéit à Dieu »

Laroui souligne également que la reconstitution du Makhzen « obéit à la même logique que celle du protectorat, tel qu'il fut établi par Lyautey. On y constate le même rôle organisateur dévolu à l'armée, la même sympathie pour les coutumes ancestrales, le même respect affecté pour l'Islam populaire, la même méfiance à l'égard des citadins considérés comme des intrus, la même antipathie pour le panarabisme et le wahhabisme […], le même encouragement au quiétisme apolitique, la même indulgence à l'égard de l'affairisme ».

---

1. Abdallah Laroui, *Les Origines sociales et culturelles du nationalisme marocain*, Paris, La Découverte, 1977.

En 1994, Hassan adresse lors d'un colloque un message royal contenant un hadith du Prophète : « Celui qui m'obéit obéit à Dieu. Celui qui me désobéit désobéit à Dieu. » Aucune de ses décisions ne saurait être contestée et, pour rendre son pouvoir indiscutable et sa légitimité incontestée, il s'appuie sur trois piliers.

D'abord l'allégeance (la bey'a). Le jour de l'intronisation du roi, tous les chefs de tribu, l'armée, la police, le gouvernement et autres notables s'inclinent au passage du souverain, monté sur un cheval, en signe d'allégeance. Il transforme cette situation unique en un rite annuel où chacun est conduit à réaffirmer sa loyauté et son obéissance.

Deuxième pilier : il instaure, dans la Constitution, un article 19 qui lui confère les pleins pouvoirs en tant que « représentant suprême ». Tant dans le champ spirituel que politique. Il rédige lui-même les autres articles de la Constitution, répartit et limite les pouvoirs de chacun, sauf les siens. Il consacre la séparation des pouvoirs judiciaire, exécutif et législatif, tout en créant un quatrième pouvoir, celui qu'il exerce et qui se place au-dessus de tous les autres.

Troisième pilier : tous les textes officiels, qu'il s'agisse de la Constitution, des décrets royaux ou même de la promulgation d'une nouvelle loi de finances, font référence en préambule au roi « Commandeur des croyants ». Un grade politique, religieux et social qui fait de lui le chef suprême des musulmans.

L'article 19 de la première Constitution, élaborée donc par Hassan II lui-même, mentionne : « Le roi, Amir Al-Mouminine, représentant suprême de la Nation, symbole de son unité, garant de la pérennité et de la continuité de l'État, veille au respect de l'islam et de la Constitution. Il est le protecteur des droits et libertés des citoyens, groupes sociaux et collectivités. Il garantit l'indépendance de la Nation et l'intégrité territoriale du royaume dans ses frontières reconnues. » Ce titre, Amir Al-Mouminine, se réfère à une tradition qui lui permet, au-delà de l'autorité religieuse et spirituelle qu'elle lui confère, d'être le maître du jeu politique. Le roi a en effet la haute main sur le pouvoir exécutif, nomme le Premier ministre et le gouvernement qui sont responsables devant lui, préside le Conseil des ministres. Il décide également du choix des magistrats, du bien-fondé de tel ou tel projet et de l'éventuelle dissolution du Parlement. Dans les faits, aucune nomination d'importance ne lui échappe.

En se référant habilement au passé et à la tradition pour donner cohérence et légitimité à l'institution monarchique qu'il échafaude, Hassan II en fait également un instrument d'obéissance absolue, à laquelle chaque sujet est tenu de se référer.

Un après-midi d'automne 1996, alors que la pluie gifle les carreaux, Hassan II, installé dans un salon de son haras, se livre devant moi (É. L.) à une étrange confidence : « En politique comme dans la vie, il faut avoir de la chance. Prenez le cas de ma famille, les Alaouites. Ils avaient émigré d'Arabie Saoudite pour s'installer dans la région marocaine de Tafilalet. Sans exercer d'influence notable. Puis, une année, les récoltes sont détruites par des essaims de sauterelles. On prie à travers le pays, le mécontentement monte, mais rien n'y fait, les sauterelles sont de retour la saison suivante. Alors on vient voir mes ancêtres qui descendraient du Prophète, on leur demande de prendre le pouvoir. Ils s'installent... » Hassan marque une courte pause, le visage gourmand : « ... et là, coup de pot (*sic*), les raids de sauterelles s'interrompent[1]. »

Sourcilleux, implacablement vigilant dans le respect et l'exercice des prérogatives qu'il a lui-même instituées, il devient le marionnettiste qui tire tous les fils. Un jour, au palais d'Ifrane, une vingtaine de personnes l'attendaient dans un salon, vêtues de costumes sombres. Certaines conversaient entre elles, mais la plupart patientaient, figées. Il était 14 heures. Puis soudain, comme un vol d'alouettes, elles se dispersèrent et gagnèrent la terrasse, où elles formèrent une longue file silencieuse. Hassan II se tenait debout, la main droite tendue, et chaque courtisan s'avança à son tour pour la baiser avec déférence. Il m'aperçut. « Ah, vous êtes arrivé, nous allons faire un tour en voiture. Vous monterez à côté de moi. »

Il se retourna, son regard détailla les membres de la Cour pétrifiés, et, brusquement, il pointa du doigt trois d'entre eux. « Vous, vous vous installerez derrière. Vous êtes un peu gros, mais essayez de vous tasser. »

Nous nous trouvions dans un des Domaines royaux. Hassan avait fait installer un élevage de pisciculture et il avait décidé, ce jour-là, de pêcher des truites au bord d'un lac artificiel. Un serviteur tremblant lui apporta plusieurs cannes à pêche. Après cinq lancers, il ordonna au domestique : « Apporte-moi la canne à pêche noire. »

Nouvelle tentative infructueuse, puis je l'entendis murmurer : « Ah, elles ne veulent pas obéir[2] ! »

1. Entretien avec Éric Laurent, Bouznika, 1996.
2. Propos recueillis par Éric Laurent, Ifrane, 1992.

Dix jours plus tard, palais de Marrakech. L'immense salon qui jouxte son bureau est occupé par une quinzaine de généraux assis, aussi immobiles que des soldats de plomb. Les relations qu'Hassan entretient avec son armée sont empreintes de méfiance depuis les deux coups d'État militaires tentés contre lui. Tout à coup la porte s'ouvre, il surgit tel un lutin espiègle et s'approche d'un homme d'une cinquantaine d'années, à l'allure empruntée et au visage barré d'une épaisse moustache. La main du roi se pose sur son épaule, lui tapote brièvement la joue comme s'il s'agissait d'un enfant : « Alors voilà le petit général qui voudrait aller rendre visite à sa famille... Eh bien, c'est accordé, je t'autorise à partir. » L'homme se met à genoux et lui baise la main. Hassan II lance à ses compagnons : « Je vous verrai plus tard[1]. » Deux heures après, ils se tenaient toujours à la même place, mais cette fois plongés dans l'obscurité. Personne n'avait pris la peine d'éclairer le salon, à moins qu'un ordre supérieur...

L'attente qu'Hassan impose traditionnellement à ses hôtes est comprise comme un signal (pervers) qu'il leur adresse. Quand elle est brève, c'est-à-dire lorsqu'elle n'excède pas deux heures, il est clair que l'hôte en question bénéficie encore de la faveur royale. Trois ou quatre heures d'attente font comprendre à l'intéressé que le roi est mécontent mais que le retour en grâce est possible. Si l'attente se prolonge au-delà, l'homme se trouve dans l'antichambre de la disgrâce.

C'est ainsi que son ancien bras droit, le général Oufkir, attendit une journée entière, comme son suc-

---

1. Propos recueillis par Éric Laurent, Marrakech, 1992.

cesseur, Ahmed Dlimi, qui fut assassiné immédiatement après. Personne n'échappait à ce traitement, pas même le prince héritier.

Nous nous trouvions au palais de Rabat, et il était un peu plus de 13 heures. Le visage fermé, Hassan II, suivi de plusieurs de ses conseillers portant sous le bras des maroquins épais, s'engouffra dans son bureau. Sans même un regard ou un mot pour le jeune homme qui attendait debout devant sa porte, vêtu d'une djellaba traditionnelle. Il s'agissait du futur Mohammed VI. Quatre heures plus tard, le prince héritier se tenait toujours immobile, à la même place. Son père ne l'avait pas reçu en audience.

« Une erreur de chromosome »

Le futur souverain est né en 1963, au moment où son père, le dos au mur, devait affronter une contestation croissante à l'intérieur du pays, mais également une opération de déstabilisation venue de l'étranger, notamment de l'Algérie. À l'époque, l'avenir de la monarchie est des plus incertains.

Hassan II impose à son fils une éducation stricte, des châtiments corporels, le fait surveiller en permanence, et autant il manifestera un profond attachement à ses petits-enfants, autant il se conduira comme un père dur et distant. Le cousin germain de Mohammed VI, le prince Moulay Hicham, évoque en ces termes les châtiments corporels infligés par Hassan II : « Un jour, raconte-t-il, le roi s'est rendu compte que les serviteurs étaient gentils avec son fils aîné et moi-même. Il leur a dit : "Ce que vous avez enduré, ce ne sont pas des

cris de douleur, c'est une mise en scène de cinéma."
Et il s'est mis à cogner : vingt coups de fouet[1]. »

Le prince héritier ne semble pas avoir été l'enfant
préféré de son père. C'était un jeune homme plutôt
ouvert et rieur, et d'une grande courtoisie. Des traits
qui semblent s'être complètement évanouis, depuis
qu'il est monté sur le trône.

En 1998, Hassan II est malade, fuit même ses plus
proches courtisans, les bouffons qui jusqu'alors le
divertissaient. Il vit seul, replié dans son palais, et il sait
que son successeur, grâce à lui, disposera de pouvoirs
institutionnels sans précédent. La mort, qui l'obsède,
rôde dans le palais. Nul doute qu'il éprouve en ces
heures un profond désarroi envers cette toute-puissance
qui va bientôt lui être enlevée, et de la jalousie pour
celui qui va en hériter. À cet instant, il est piégé. Il
avait balayé la tradition qui voulait que ce fussent les
oulémas qui désignent le futur souverain, pour s'imposer, en tant qu'aîné, comme prince héritier. Et, sous
peine de remettre en cause la stabilité monarchique, il
a perpétué ce choix. Sans enthousiasme.

En ces heures, comme si le temps lui était compté,
il multiplia confidences et petites phrases. Lorsque je
lui demandai : « Est-ce rassurant pour vous de savoir
que votre succession se déroule de façon stable ? »,
il répliqua d'une voix cinglante : « Jusqu'au bout je
m'interroge, et malgré les apparences mon choix n'est
toujours pas définitivement arrêté... » Il marqua alors
une pause pour mieux accroître son effet, et ajouta :

1. Ignace Dalle, *Hassan II, entre tradition et absolutisme*, Paris,
Fayard, 2011.

« Je ne voudrais pour rien au monde que ce pays soit victime d'une erreur de chromosome[1]. »

La formule était évidemment d'une violence inouïe, mais, impassible, il me regarda la noter, sans me demander de l'atténuer.

La toute-puissance politique qu'Hassan II léguera à son successeur se double d'une puissance économique et financière déjà considérable. Dès le début des années 1980, il a ordonné la libéralisation de l'économie et engagé un programme de privatisations. Le bon vouloir du roi s'exerce dans ce domaine-là aussi. Les entreprises publiques les plus juteuses tombent alors dans son escarcelle, mais chaque fois, comme le souligne la presse marocaine aux ordres du Palais, avec « le plein accord des pouvoirs publics ». On s'en serait douté.

Le roi rachète ces entreprises publiques à travers l'ONA, l'Omnium nord-africain, qu'il a acquis en 1980 et qui regroupait tous les biens, considérables, détenus par Paribas au Maroc. Déjà présent dans tous les secteurs de l'économie marocaine, l'ONA va, au fil des ans, beaucoup accroître son périmètre. Le holding royal contrôle ainsi des dizaines de filiales. Dans le secteur agroalimentaire, l'ONA rachète la Centrale laitière, Lesieur Cristal, Cosumar. Mais aussi des banques, de l'immobilier, de la chimie, des mines...

Robert Assaraf, qui fut l'un des responsables du groupe, expliquera plus tard, sans mesurer sans doute l'énormité du propos : « L'idée était de marocaniser un maximum d'entreprises cruciales pour le développement du Maroc.

1. Propos recueillis par Éric Laurent, Rabat, 1998.

L'ONA avait un rôle de locomotive[1]. » Le seul objectif des dirigeants du groupe, qui sont tous des courtisans accomplis, est pourtant bien de donner satisfaction au souverain en maximisant ses profits. Ils savent que le maintien à leur poste en dépend. Entre 1981 et 1985, l'ONA multiplie son chiffre d'affaires par sept. 72 % du volume d'activités sont réalisés dans l'agroalimentaire[2].

Il est facile de comprendre pourquoi. Pour ce groupe qui détient quarante-trois sociétés au Maroc et en contrôle indirectement quatre-vingt-six autres, l'alimentaire est un formidable marché aux bénéfices importants. Pour une raison simple. Des sociétés comme Cosumar, qui détient le monopole du sucre, la Centrale laitière, celui du lait, ou Lesieur Cristal, celui de l'huile, opèrent sur des marchés où les produits sont subventionnés. Là encore, l'État marocain courbe l'échine sous l'ampleur des prélèvements : le secteur subventionné, tel qu'il est organisé au Maroc, vise à puiser dans le budget de l'État pour financer les entreprises royales et leur garantir des bénéfices records. Ce système de subventions, baptisé Caisse de compensation, censé acheter la paix sociale, contribue avant tout à enrichir le roi.

La stratégie de l'ONA reflète la psychologie d'Hassan II : ne pas tolérer d'opposition à sa volonté. Bientôt il nommera son gendre, Fouad Filali, à la tête du groupe. Tous les concurrents potentiels de l'ONA sont impitoyablement écartés, quels que soient leurs secteurs d'activités.

Au fil des ans, le Maroc devient de plus en plus un pays en trompe-l'œil, où vie politique et fonctionne-

---

1. Fahd Iraqi, « Il était une fois l'ONA », *TelQuel*, n° 456.
2. *Ibid.*

ment de l'économie de marché ne sont plus qu'illusions. Hassan II aura au moins eu l'habileté de tolérer, à côté de l'ONA, un secteur privé où des hommes d'affaires pouvaient encore agir. Ce qui n'est plus le cas aujourd'hui, dans le cadre de la stratégie de contrôle mise en œuvre par son successeur.

Hassan II, interventionniste en diable, décide du casting et des figurants sur la scène publique. Lui qui a dessiné les contours de la monarchie va faire de même avec la vie politique. « J'étais sur la route et je conduisais, racontait-il, quand je me suis dit : il serait bon que dans l'éventail politique il y ait un parti communiste. Je me suis tourné vers Ali Yata, qui était assis à mon côté, et je lui ai dit : "Tu vas créer un parti communiste dont tu prendras la direction[1]." » Il professe un profond mépris pour une classe politique qu'il veut aux ordres, et dont les représentants sont choisis pour leur souplesse d'échine. Un fonctionnement que Mehdi Ben Barka, son ancien professeur de mathématiques devenu son principal opposant, a résumé d'une formule cinglante : « Tu baisses la tête, tu baises la main et tu finiras par être récompensé. »

Il adore tirer les fils, jouer les montreurs de marionnettes. Un soir, alors qu'il est un peu plus de 22 heures, nous discutons dans son palais de Skhirat, à trente kilomètres de Rabat. Soudain, il glisse dans la conversation :

– À propos, je vous ai préparé une petite surprise. J'ai organisé pour vous un dîner avec le Premier ministre et les dirigeants des grands partis politiques.

Je réponds, surpris :

1. Entretien avec Éric Laurent, Skhirat, 1993.

– Merci, Majesté. Quel jour ?

Il jubile littéralement.

– Maintenant, ils vous attendent déjà !

Comme je m'apprête à partir, d'un geste de la main il m'intime l'ordre de rester.

– Il n'y a pas d'urgence, ne vous inquiétez pas.

Il est 0 h 45 quand il me laisse enfin quitter le palais, et 1 heure 30 du matin quand j'arrive sur le lieu du dîner. Je pousse la porte, je découvre des hommes âgés assoupis dans des fauteuils. Je dis au Premier ministre, Karim Lamrani :

– Je suis désolé pour ce retard.

– Aucun problème, me répond-il en se frottant les yeux pour se réveiller. Nous vous attendions en discutant[1].

Un absolutisme légal

Pourtant la médiocrité, parfois flagrante, de certains de ces hommes a le don de l'exaspérer. Alors qu'il a décidé d'élections générales et que la campagne électorale bat son plein, il arrive sur un terrain de golf, suivi de son fils.

– Vous avez regardé les débats télévisés, hier ? me demande-t-il. Non ? Eh bien, vous avez bien fait. Ils étaient tous nuls. Comment voulez-vous que j'arrive à convaincre les gens d'aller voter avec des incapables pareils ?

Quel merveilleux sursaut démocratique ! Tandis que son père est sur le green, le futur Mohammed VI s'approche.

1. Propos recueillis par Éric Laurent, Rabat, 1993.

– Comment se déroulent les choses avec mon père ?
– Plutôt bien, merci !

Il se penche alors vers moi en souriant.

– Soyez tout de même sur vos gardes, c'est un immense manipulateur[1].

En réalité, malgré leurs divergences, les deux hommes sont faits de la même étoffe. Celle de dirigeants qui savent qu'ils sont au-dessus des lois et n'ont de comptes à rendre à personne. Hassan II a façonné un pouvoir absolu et sans entraves qui n'a cessé de fasciner celui qui, plus tard, allait en disposer à son tour. Un absolutisme légalisé à travers les textes constitutionnels consacrés au droit traditionnel et divin (l'allégeance, commandeur des croyants). Les droits du souverain sont ainsi réputés « inviolables et sacrés ».

Toutes les stratégies mises en place par Hassan II sont observées avec soin par le prince héritier. Or, derrière chacun de ses choix, il y a un calcul personnel. « La grande fierté de mon règne, affirmait Hassan II, ce sont ces barrages que j'ai fait construire à travers le pays. » Au total, cent vingt grands barrages auront été édifiés durant son règne, et à un rythme soutenu. Certaines années, 40 % du budget de l'État auront été consacrés à ces travaux. Une politique des barrages qui aura masqué un véritable détournement d'actifs opéré par le roi. C'est lui qui choisit les régions où ils seront construits et évalue le nombre d'hectares qui seront irrigués. Le processus d'expropriation sera l'occasion de faire passer de nombreuses surfaces de qualité dans le giron royal…

Dans un pays où les trois quarts des entreprises

1. Propos recueillis par Éric Laurent, Bouznika, 1994.

agricoles ont moins de cinq hectares, la terre permet non seulement au roi de s'enrichir mais de disposer d'un système de corruption efficace. S'il ne prétend en aucun cas connaître ou évaluer le nombre d'hectares appartenant aux Domaines royaux, l'économiste Najib Akesbi se livre néanmoins à un calcul intéressant : celui des terres qui ont disparu des registres fonciers après l'Indépendance du Maroc. « En 1956, on comptabilise un peu plus de un million d'hectares. On sait que, sur ce total, trois cent vingt-cinq mille hectares de terres de colonisation officielles ont été récupérés en 1963 et distribués lors de la réforme agricole qui s'est étendue de 1963 à 1975, sous forme de lots de cinq hectares, notamment lors des périodes de tensions sociales, qu'Hassan II cherchait ainsi à calmer. Il y a eu ensuite les deux cent mille à deux cent cinquante mille hectares récupérés au début des années 1970, lors de l'opération dite de marocanisation, et confiés à deux sociétés d'État, la Sodea, spécialisée dans les fermes plantées, et la Sogeta, dans les terres nues[1]. »

Au final, il resterait donc entre quatre cent mille et quatre cent cinquante mille hectares qui n'ont jamais été récupérés par l'État et qui ont fait l'objet de cessions illégales entre colons et Marocains. La famille royale en a-t-elle profité ? Si oui, dans quelles proportions ? Cinquante-six ans après l'Indépendance du royaume, le mystère demeure. Un sujet sensible dans un pays agricole où la moindre indication sur l'ampleur de la confiscation royale pourrait avoir des conséquences politiques et sociales graves.

1. Entretien avec les auteurs, Rabat, septembre 2011.

Dernier legs d'Hassan II, utilisé avec encore moins de scrupule par son successeur : l'appel à l'aide internationale pour financer des projets dans lesquels la famille royale est souvent impliquée. Outre la Banque mondiale, engagée dans le financement des barrages, la France figure naturellement au premier rang des bailleurs de fonds.

En 1992, Hassan II est reçu à Paris par François Mitterrand et Jacques Chirac, cohabitation oblige. Depuis 1990, l'aide française atteint annuellement 1 milliard de francs, montant qui doublera à partir de 1995. La France est alors le premier créancier du Maroc, dont elle détient 13 % de la dette, pourcentage qui grimpera à 19 % en 1999. Elle est également le premier bailleur de fonds bilatéral du pays, au titre de l'aide publique au développement, avec 50 % du total. Une filiale de l'Agence française de développement, la Proparco, dont les bureaux marocains sont installés à Casablanca, accorde également des fonds propres et des prêts à des entreprises ainsi qu'à des banques marocaines.

En 2001, Proparco investit ainsi de l'argent des contribuables français, au total 160 millions d'euros, notamment dans le groupe minier Managem, appartenant au roi, pour l'exploitation d'une mine d'or au sud-est d'Agadir[1]. Elle investit également, dès cette époque, dans l'énergie éolienne contrôlée par le souverain. À l'époque, Proparco est aussi partenaire dans Upline Technologies, un fonds d'investissement créé par la banque d'affaires et appartenant au groupe Upline, dont l'un des actionnaires « cachés » aurait été le propre frère du roi, le prince Moulay Rachid.

1. *L'Économiste*, 5 septembre 2001.

La monarchie marocaine a paisiblement prospéré à l'ombre de l'omerta française. Les responsables politiques qui se sont succédé ont tous fait preuve, qu'ils soient de droite ou de gauche, d'une tolérance coupable. « Ne pas désapprouver l'inacceptable » semblait depuis longtemps la règle d'or adoptée par Paris. Ainsi, à l'abri des critiques ou des pressions, le roi et son entourage pouvaient sans risque se livrer à tous les excès.

Staline, dit-on, avait confié un jour : « Donnez-moi un homme, j'en ferai un procès. » Hassan II aurait pu déclarer en le paraphrasant : « Donnez-moi un homme, j'en ferai un courtisan. » Le spectacle désolant des personnalités françaises se pressant à ses réceptions faisait peine à voir. Chaque année, le 31 décembre, le roi organisait une immense réception pour le nouvel an. Des centaines de voitures officielles déposaient des invités aux sourires béats devant les portes d'un palais illuminé. J'ai (É. L.) assisté à l'époque à l'une de ces soirées, et je puis témoigner que la vision offerte était particulièrement obscène. Des hommes et des femmes en robe du soir et smoking remplissaient à ras bord leurs assiettes de caviar, comme autant de Thénardier affamés se précipitant sur un bol de soupe.

Au terme du repas, des serviteurs en livrée portant des hottes emplies de cadeaux étaient littéralement bousculés par les invités qui s'efforçaient, un instant après, d'en récupérer un maximum. Hassan II n'apparaissait pas une seule fois, mais nul doute que, bien à l'abri des regards, il devait observer ce spectacle avec satisfaction. Sans doute le confortait-il dans son scepticisme sur la nature humaine et le mépris qu'il éprouvait pour l'immense majorité des gens.

CHAPITRE IV

La monarchie des copains et des coquins

Sa première visite officielle à l'étranger, Mohammed VI la consacre sans surprise à la France. Celle-ci intervient du 19 au 22 mars 2000, soit six mois après son intronisation comme souverain, à la suite d'une longue visite privée d'une dizaine de jours à Courchevel, où il possède un chalet. L'enjeu est important pour le jeune monarque : il s'agit de souligner la rupture avec son père, au règne entaché de graves abus en matière de droits de l'homme, et de séduire l'opinion publique française.

Il peut compter sur certaines personnalités bien disposées à son égard, comme le journaliste Jean-Marie Cavada, qui parvient à lui organiser dans un grand hôtel parisien une rencontre strictement informelle avec une poignée de journalistes français. Plusieurs médias ont répondu présents. On se déplace volontiers pour converser avec le nouveau roi du Maroc. La rencontre se déroule dans la bonne humeur et la confiance réciproque. Initialement programmée pour durer une quinzaine de minutes, elle ne prendra fin qu'au bout de deux heures de discussion à bâtons rompus.

Séduit, Jean-Marie Cavada s'enhardit alors à demander à Fouad Ali El Himma, ami d'enfance de Mohammed VI et ministre délégué à l'Intérieur, pourquoi il ne songe pas à organiser une conférence de presse ou une interview en bonne et due forme. Interloqué, ce proche du roi lui répond en substance : « Vous n'y pensez pas ! Son image et sa réputation s'en trouveraient cassées… »

Cette réponse a de quoi laisser pantois et n'a pas manqué d'alimenter les rumeurs sur le manque de ressources intellectuelles de Mohammed VI. Elle révèle aussi un changement majeur au sein de la Cour. Un homme clé du système d'Hassan II est ainsi relégué au second plan, en dépit de ses innombrables « Le roi m'a dit » : André Azoulay, un Franco-Marocain, ancien de Paribas et d'Eurocom. Cet ex-communiste devenu un conseiller en vue de la monarchie alaouite depuis 1991 avait pourtant œuvré dans le sens des réformes, lors des deux dernières années du règne d'Hassan II. Premier juif marocain à occuper de telles fonctions, il s'était autant distingué par un affairisme notoire que par la qualité de ses relations dans l'univers des médias français.

La chasse aux sorcières

Durant les mois qui suivent l'accession au trône de Mohammed VI, la priorité du nouvel occupant du Palais est la chasse aux sorcières hassaniennes. Honneur à la plus honnie d'entre toutes : Driss Basri, le redouté ministre de l'Intérieur d'Hassan II pendant près de trois décennies.

« Grand vizir », « homme des basses œuvres », « symbole des années de plomb »… Les expressions ne manquent pas pour qualifier ce petit homme obséquieux au sourire carnassier, au visage tanné par les longues parties de golf passées à trotter derrière le roi. Elles sont, pour la plupart, fondées.

Driss Basri a trempé dans nombre de dossiers politiques et sécuritaires du royaume, sans parler de la vie privée de la famille royale qu'il ne se privait pas d'espionner pour le compte de Sa Majesté. Il le paiera cher.

Comme le racontait volontiers, au milieu des années 2000, le prince Moulay Hicham, cousin détesté par Mohammed VI et troisième dans l'ordre de la succession au trône, Driss Basri a senti le vent tourner le jour même où Hassan II était mis en terre. « Je l'ai trouvé enfermé dans une pièce, coincé entre deux généraux, dont le général Hosni Benslimane, le patron de la gendarmerie royale, qui l'empêchaient de sortir et le rudoyaient[1]. »

Le mépris des deux gradés pour Driss Basri est à la hauteur des sentiments qu'éprouve Mohammed VI à son encontre : à ses yeux, le ministre de l'Intérieur n'est qu'un garde-chiourme aux ordres de son père. Driss Basri sera officiellement limogé de ses fonctions le 9 novembre 1999.

Un militaire témoignera, des années plus tard, avoir vu de ses yeux des cartons entiers de documents quitter le ministère de l'Intérieur pour être entassés dans des camions. Basri aurait-il emporté avec lui ses secrets ? On ne le saura probablement jamais. Il terminera sa vie, aigri, à Paris, dans le 16e arrondissement. Outre ses fils, il recevait régulièrement quelques journalistes auprès desquels il déversait volontiers sa rancœur contre Mohammed VI et son entourage.

1. Entretien avec l'un des auteurs, Paris, 2006.

Bien qu'il ait menacé à maintes reprises de publier ses Mémoires, Basri ne franchira jamais le pas, comme beaucoup. Il aura pourtant noirci de nombreuses pages. Il s'éteindra le 27 août 2007, à l'âge de 68 ans, et sera inhumé au Maroc quarante-huit heures plus tard. Le fidèle domestique qui l'avait suivi dans son exil et lui servait d'homme à tout faire sera abandonné à son triste sort et sans le sou, quelque part en France.

L'autre pilier sécuritaire d'Hassan II a connu un meilleur sort. Il s'agit de Mohamed Médiouri, le chargé de la Sécurité des palais d'Hassan II. Comme l'a rapporté le magazine *TelQuel* en 2010 : « Au printemps 2000, alors que M6 est en visite officielle en Égypte, un communiqué du Palais tombe, qui annonce la nouvelle en une phrase laconique : Médiouri est déchargé de ses fonctions de directeur de la Sécurité royale[1]. » À l'instar de Basri, il s'était intéressé de trop près aux fréquentations du prince héritier et, fait aggravant pour lui, avait convolé avec la mère de Mohammed VI, et donc l'ancienne épouse d'Hassan II, Latifa.

Selon l'ancien journaliste du *Monde* Jean-Pierre Tuquoi, qui, en 2001, a publié *Le Dernier Roi*[2], un ouvrage documenté qui avait provoqué la fureur de Rabat, deux fréquentations du prince héritier en particulier donnaient du fil à retordre à la sécurité royale. Le premier était un officier de gendarmerie du même âge que le futur Mohammed VI, Moulay Abderrahmane, qui décédera dans un mystérieux accident de voiture.

1. Hassan Hamdani et Mehdi Sekkouri Alaoui, « Le jour où Hassan II est mort », *TelQuel*, n° 402, décembre 2010.
2. Jean-Pierre Tuquoi, *Le Dernier Roi*, Paris, Grasset, 2001.

La seconde est une Pakistanaise, Myriam, qui avait épousé un Américain converti à l'islam. Couvée par le prince héritier, elle inquiétait les services de renseignements : son mari aurait eu le mauvais goût de trop fréquenter l'ambassade des États-Unis au Maroc et, pire encore, de tenir un journal intime. Jean-Pierre Tuquoi mentionne également « une famille d'origine italienne, les Orlando, avec Catherine et deux de ses frères, Frédéric et Dominique, dont les fréquentations mobilis[ai]ent les services de sécurité du Palais ».

Un autre homme clé du règne d'Hassan II sera également écarté sans délai : Abdelfattah Frej, l'ancien secrétaire particulier du monarque et son trésorier, qui, à ce titre, gérait la fortune royale et en connaissait tous les arcanes...

Pour l'heure, ces règlements de comptes doivent rester secrets. À tout le moins discrets. Il n'est pas question d'entacher la réputation quasi virginale dont jouit le jeune Mohammed VI, alors servi par une touchante gaucherie lors de ses premières apparitions en tant que roi.

Les communicants de Sa Majesté sont à l'œuvre et multiplient les superlatifs pour vanter le style d'un monarque simple dans son mode de vie et plein d'empathie pour les plus démunis. La réalité, bien sûr, est tout autre. En effet, s'il n'affiche pas la même morgue que son père, Mohammed VI aime le luxe et vit bel et bien comme un sultan... des temps modernes. Chaque matin ou presque, il exige qu'on lui présente plusieurs voitures de sa collection, environ une dizaine, pour choisir celle qu'il utilisera. Ferrari, Aston Martin, Maybach... Il a l'embarras du choix. C'est d'ailleurs au volant de l'un de ses bolides qu'il signifie aux courtisans qui l'entourent ceux qui sont dans ses faveurs, en les faisant asseoir à côté de lui. Une coutume toujours en vigueur.

La monarchie des copains...

Au fur et à mesure que les anciens de l'ère hassanienne sont mis sur la touche, une bande de jeunes de l'âge de Mohammed VI prend progressivement les commandes du pays. Une rupture avec le style ampoulé du règne d'Hassan II.

Qui sont ces jeunes ? Ce sont tantôt des amis d'enfance, tantôt les complices des soirées du prince héritier.

« Compte tenu de sa jeunesse difficile et de ses relations pénibles avec son père auxquelles s'ajoute le fait que sa mère soit partie avec un autre homme, Mohammed VI n'est pas bien dans sa peau. Et il ne veut pas être jugé. Il faut qu'on le prenne tel qu'il est, et les critiques émanant de son entourage sont malvenues. Lui-même manque de caractère et s'est logiquement entouré de gens à son image[1] », analyse un observateur averti du Makhzen marocain. Les copains de Sa Majesté relèvent en fait de deux réseaux bien distincts.

Le premier, le plus connu, est celui du Collège royal, qui a vu le jour en 1942, sous le protectorat français[2]. À l'époque, le sultan Mohammed V souhaite inculquer à son fils, le futur Hassan II, une éducation à la fois traditionnelle et occidentale. À son tour, en

---

1. Entretien avec l'un des auteurs, Casablanca, septembre 2011.
2. Majdoulein El-Atouabi et Karim Boukhari, « La jeunesse d'un roi », *TelQuel*, n° 304, du 29 décembre 2007 au 11 janvier 2008.

1973, Hassan II crée pour son fils une classe composée de douze élèves, nés dans des familles du sérail ou issus de milieux modestes. Outre l'excellence scolaire, le second critère de sélection des enfants est la respectabilité de leurs familles, dont le passé a été disséqué par les services de renseignements. Impensable que le futur roi soit accompagné, dans sa scolarité, par des fils de malfrats.

Une fois au pouvoir, Mohammed VI se taillera auprès de ses pairs chefs d'État une solide réputation de roi fainéant, en raison de ses vacances prolongées à l'étranger et de ses absences répétées aux grands sommets internationaux. Il n'en reste pas moins qu'une discipline de fer lui a été inculquée lors de ses années de collège[1]. Réveil tous les matins à 6 heures, une heure de récitation du Coran obligatoire avant le petit déjeuner et, en moyenne, quarante-cinq heures de cours dispensées par semaine. Seule concession faite au futur monarque, qui ne brille guère en mathématiques : à partir de 1977, le programme scolaire est adapté à ses goûts et devient plus littéraire.

Ce changement d'orientation va avoir une influence majeure sur la trajectoire du futur roi. Il entraîne en effet le départ de deux élèves doués en maths, aussitôt remplacés par deux autres jeunes qui, au fil des années, deviendront les plus proches camarades de Mohammed VI. Les intimes parmi les intimes : Mohamed Rochdi Chraïbi, originaire de Ouarzazate, au sud du royaume, et Fouad Ali El Himma, qui vient de la région de Marrakech. Tous deux sont issus de familles

1. *Ibid.*

modestes et sont parfaitement conscients de la chance qui leur est offerte.

El Himma et Chraïbi se conduisent en éternels rivaux dont les joutes verbales peuvent à l'occasion basculer dans la violence. Exaspéré par son concurrent, Chraïbi lance un jour au monarque, au sujet d'El Himma : « Ce gars aura ta peau. Il est pire qu'Oufkir ! »

Cette allusion est d'une extrême gravité : après des années de bons et loyaux services, le général Oufkir avait en effet tenté de renverser Hassan II lors d'un coup d'État militaire qui avait échoué, en août 1972. Il fut alors sommairement « suicidé » tandis que sa femme et ses six enfants furent emprisonnés dans un bagne secret.

Cette altercation et cette mise en garde valurent à Rochdi Chraïbi d'être – il serait coutumier du fait – éloigné du Palais pendant quelque temps. Plus retors, et surtout plus prompt à manipuler le roi en montant d'obscures cabales contre ses rivaux, Fouad Ali El Himma réussit finalement à s'imposer comme le plus proche camarade de Mohammed VI. Au cours de l'été 2011, il parvint à mettre (temporairement, il est vrai) hors circuit un énième rival, Mohamed Moatassim, juriste de renom et conseiller royal apprécié. L'imprudent avait commis l'erreur de déverser son fiel, sur une ligne téléphonique écoutée, à propos du PAM (Parti authenticité et modernité), créé de toutes pièces par Mohammed VI et piloté par El Himma pour contrer les islamistes du PJD (Parti de la justice et du développement).

Fort d'un stage de plusieurs années au ministère de l'Intérieur, alors dirigé par Driss Basri, Fouad Ali

El Himma s'est piqué très tôt de renseignement. Il ne semble guère avoir laissé un souvenir extraordinaire à son ancien mentor, qui ne le portait pas dans son cœur et disait de lui, lorsqu'il était en exil à Paris, qu'« il n'était pas assidu au travail, préférant faire la fête avec le prince héritier[1] ». « C'était tout l'opposé de Yassine Mansouri qui, lui, était assidu », ajoutait volontiers Basri, faisant allusion à cet autre membre du Collège royal qui dirige aujourd'hui le renseignement extérieur marocain, la DGED.

Fouad Ali El Himma avait alors la réputation d'être un joyeux drille. « À Rabat, le prince héritier et ses amis fréquentaient assidûment un club à la mode, L'Amnésia. Fouad avait un appartement au-dessus de l'établissement et jouissait d'un ascenseur privé. Ainsi, le futur roi et ses copains pouvaient parvenir au carré VIP sans passer par l'entrée du public. Ils en sortaient comme s'ils descendaient d'une fusée », se souvient, encore amusé, cet ancien pilier de L'Amnésia. Autant de nuits blanches qui arracheront à Hassan II ce cri du cœur lorsqu'il apprendra que son fils comptait nommer El Himma comme directeur de cabinet : « Il a besoin de gens sérieux. Les copains, c'est pour faire la fête[2] ! »

Pourtant, peu de temps avant la mort d'Hassan II, El Himma ne se gênait pas pour intriguer en coulisses en faveur du futur roi. Selon le journaliste et célèbre éditorialiste marocain Khalid Jamaï, l'ami du prince héritier prenait volontiers contact avec les journalistes

---

1. Entretien avec l'un des auteurs, Paris, 2008.
2. Souleïman Bencheikh, « El Himma, le parti du roi », *Le Journal hebdomadaire*, septembre 2007.

pour louer ses qualités : jeune, moderne, tolérant et féru de démocratie. Séduite, la presse mordit à l'hameçon avant de se rendre compte rapidement de sa bévue. Après quelques critiques sur l'entourage de Sa Majesté, ces insolents seront punis : interdiction du magazine d'opposition *Le Journal* en octobre 2000, fermeture du titre satirique *Demain* en 2003 et condamnation de son directeur, Ali Lmrabet, à trois ans de prison ferme. Une peine qui, deux ans plus tard, sera commuée en dix ans d'interdiction d'exercer le métier de journaliste. Une première mondiale.

Selon l'avis concordant de plusieurs journalistes, Fouad Ali El Himma a joué un rôle prépondérant dans ce sérieux tour de vis sécuritaire. Il jouit depuis d'une image déplorable dans l'opinion publique marocaine, qui l'accuse d'être à l'origine des aspects répressifs et politiques les moins reluisants du règne de Mohammed VI.

Depuis ces épisodes, ses relations sont tendues avec la presse indépendante et ne s'améliorent guère non plus avec les autres proches du monarque ou les hauts fonctionnaires. On recense notamment une empoignade « virile » avec un proche du roi, Fadel Benaïch.

Mais la vie de tous les hommes qui entourent le roi est rythmée par ses caprices, et El Himma lui-même n'y échappe pas. En 2005, il tombe en disgrâce pendant plusieurs mois. Une violente altercation l'oppose alors au nouveau directeur de la DST, Abdelatif Hammouchi, qu'il considère comme l'un des responsables de sa mise à l'écart. El Himma l'accusera de l'avoir fait espionner dans des hôtels où il était descendu. La Cour est un monde aux haines recuites.

... et la monarchie des coquins

Tout aussi impopulaire que Fouad Ali El Himma, et précédé de surcroît d'une vilaine réputation d'homme sans scrupules, Mounir Majidi, le secrétaire particulier de Mohammed VI, gère l'immense fortune du monarque. Contrairement à son rival El Himma, Majidi n'est pas issu des rangs du Collège royal mais d'une autre bande tout aussi précieuse aux yeux du roi : celle de son cousin adoré Naoufel Osman, décédé prématurément de maladie en 1992.

De sang royal, Naoufel était le fils de la sœur cadette d'Hassan II, Lalla Nezha, morte à 36 ans dans un accident de voiture, et d'un homme politique qui allait devenir chef de parti politique et Premier ministre, Ahmed Osman. Leur fils a été élevé aux États-Unis, loin des pesanteurs du Makhzen, et il se dit que c'est lui qui a initié le prince héritier aux sports de glisse – notamment au jet-ski (le futur roi en deviendra tellement accro qu'un humoriste marocain, interdit de scène depuis vingt ans, Bziz, l'affublera du sobriquet bien senti de « Sa Majetski » !).

« Au fond, Naoufel et sa bande, dont le noyau dur se composait de cinq à six fêtards, étaient une bouffée d'air qui changeait le prince du Collège royal et des camarades de classe avec qui il était constamment », raconte un homme qui les a jadis fréquentés[1].

Mounir Majidi, décrit par ses nombreux détracteurs comme intellectuellement médiocre, est pourtant loin

---

1. Entretien avec l'un des auteurs, Casablanca, juillet 2011.

d'avoir un passé de cancre. C'est même en vertu de ses bonnes notes à l'école qu'il est parvenu à s'infiltrer jusqu'au cœur de la monarchie. Tout se joue lorsque le jeune Majidi est en classe de CM1, dans une modeste école publique. À l'époque, les parents de Naoufel ont décidé d'ouvrir une école à leur domicile pour que leur fils soit entouré d'autres enfants que ceux du gotha de Rabat. Une forme de Collège royal, en quelque sorte, dont les critères de sélection sont aussi draconiens en matière de résultats scolaires.

Ahmed Osman est une créature d'Hassan II, qui a totalement façonné sa carrière politique. C'est un fidèle, mais aussi un courtisan zélé : cette décision de créer un ersatz de Collège royal témoigne autant du mimétisme que de la reconnaissance qu'éprouve Osman pour celui auquel il doit tout. Réussissant son casting, Mounir Majidi est donc bientôt invité à quitter le domicile familial pour s'installer chez les Osman[1]. Ce déménagement va bouleverser sa vie.

Naoufel, qui a le même âge que son cousin, le prince héritier, l'invite souvent chez lui, et voici le futur Mohammed VI débarquant avec sa bande du Collège royal. Lors des premiers contacts avec le futur roi, timide, Mounir Majidi se tient toujours en retrait. Après deux années passées aux États-Unis, où il obtient un MBA, et des études d'informatique à Strasbourg, Majidi rentre au pays, où il entame une carrière de technocrate, passant du holding royal ONA à la CDG, la Caisse de dépôt et de gestion, l'équivalent de notre Caisse des dépôts et consignations. Il reprend alors contact avec

---

1. Fahd Iraqi et Hassan Hamdani, « Qui est vraiment Mounir Majidi ? », *TelQuel*, n° 323, du 10 au 16 mai 2008.

l'entourage du prince héritier et commence à fréquenter assidûment les mêmes soirées. Au point que ce dernier le nommera secrétaire particulier dès l'an 2000.

Comme le clan du Collège royal, celui des amis de Naoufel est traversé par des guerres intestines, dont fera les frais Hassan Bernoussi, un jeune homme qui descend d'une grande famille de Rabat. « Hassan était le plus fidèle d'entre tous à l'époque où Mohammed VI était prince héritier. Mais, pour se débarrasser de lui, au moment où il est monté sur le trône, ses rivaux dans l'entourage du nouveau roi vont faire croire qu'il était au centre d'un complot français visant à mettre la main sur les richesses de l'économie marocaine », croit savoir une connaissance de Bernoussi[1]. Une assertion sans preuve qui s'explique peut-être par le fait qu'en 1997 et 1998 il se murmurait qu'Hassan Bernoussi était pressenti pour devenir le futur grand argentier du royaume... C'est finalement Mounir Majidi qui héritera de cette place tant convoitée, après que son rival fut tombé en disgrâce.

Majidi, l'obligé des émirs du Golfe

Un des amis de Majidi, qui souhaite lui aussi rester anonyme, se souvient qu'il a réellement commencé à acquérir du pouvoir lorsqu'il fut nommé secrétaire particulier du roi. « Je dirais même qu'il doit son ascension à l'évolution de cette fonction sous Mohammed VI. Assez vite, ce secrétariat s'est mis à fonctionner à la

1. Entretien avec l'un des auteurs, Paris, novembre 2011.

fois comme une banque privée et un facilitateur de relations, notamment avec les Émiratis, comme le cheik Hamdane, qui allait devenir le prince héritier de Dubaï, et le Qatar. Mohammed VI, qui n'avait pas confiance en son administration, demandait régulièrement à son secrétaire particulier de recevoir telle ou telle personnalité du golfe Persique[1]. »

Exposé à des missions sensibles, et entouré d'ennemis parmi lesquels Fouad Ali El Himma, qui cherche à le piéger, Majidi apprend vite à ne pas laisser de traces derrière lui. « Il n'a pas de boîte mail, n'envoie jamais de SMS même s'il en reçoit, ne laisse pas de messages écrits », souligne une autre personne qui l'a pratiqué[2]. Surtout, Mounir Majidi frémit de peur au moindre mouvement d'humeur de son patron, dont les colères sont légendaires. Et pas seulement à cause des corrections physiques que celui-ci lui inflige de temps à autre. Les relations qui le lient au monarque sont faites de dépendance réciproque.

Fouad Ali El Himma et le groupe du Collège royal, Mounir Majidi et la bande à Naoufel… Au début des années 2000, les copains de Sa Majesté trustent la totalité des postes clés du royaume, excepté ceux qui relèvent de la sphère purement militaire.

À Paris comme à Rabat, rares sont celles et ceux qui signalent les risques inhérents à cette prise de pouvoir où le copinage l'emporte sur la compétence. C'est le cas de Nawab[3], qui ne souhaite pas non plus que

---

1. Entretien avec l'un des auteurs, Rabat, juillet 2011.
2. Entretien avec les auteurs, Casablanca, septembre 2011.
3. Le prénom a été changé.

son identité soit dévoilée, mais qui aura très tôt tiré la sonnette d'alarme. Pour lui, « il s'agit d'un succès relatif pour des fêtards qui ont passé leur vie à organiser des soirées [...], mais qui n'ont aucune expérience du gouvernement. Bonne ou mauvaise, ils n'ont aucune idée de ce qu'est la pratique du pouvoir. Ce succès, aussi relatif soit-il, leur monte malheureusement à la tête et ils croient qu'ils ont remporté la bataille. Ce régime se cherche, est incapable de procéder à un changement profond, authentique et définitif. » Une analyse prémonitoire.

CHAPITRE V

La Cour devient une basse-cour

Au début du règne de Mohammed VI, le holding royal ONA, dont le monarque et sa famille possèdent des titres, va mal. Très mal, même. Un an plus tôt, en 1999, il a dû emprunter 500 millions de dirhams (50 millions d'euros) aux banques pour repousser un magnat de la finance, Othman Benjelloun, qui venait de lancer un raid boursier sur la SNI, un autre holding royal[1]. Puis, dans les deux ans qui suivent, l'ONA pâtit de la stratégie désastreuse de Mourad Chérif, qui y sévit comme P-DG de 1999 à 2002.

Surnommé « Mourad II[2] » par ses employés en référence au calife ottoman Mourad Ier, Chérif est atteint d'un sévère syndrome d'autosuffisance et reproduit à volonté les comportements du Makhzen : obséquieux avec les puissants, odieux avec les faibles. C'est ainsi qu'il fait volontiers patienter deux heures durant les administrateurs de Danone, pourtant associés de longue date de l'ONA au sein de la Centrale laitière. Mais le plus grave n'est pas là. Mourad Chérif se

---

1. Ali Amar et Fedoua Tounassi, « La alaouisation de l'économie », *Le Journal hebdomadaire*, 7 au 13 octobre 2006.
2. Nicolas Beau et Catherine Graciet, *op. cit.*

pique d'avoir une vision d'entreprise pour le groupe qu'il dirige.

Afin de ne pas rater le train de la mondialisation, dit-il, celui-ci doit à tout prix conclure des partenariats privilégiés avec de grands groupes mondiaux. Les alliances conclues sous Hassan II avec le cimentier Lafarge et Danone ont été fructueuses. Mourad Chérif se tourne donc vers la France, le plus fidèle allié du royaume alaouite, et décide que les groupes français seront systématiquement privilégiés. Ce réflexe n'est pas rare chez les « makhzéniens » de choc qui ont fait leurs études en France ou entretiennent des liens étroits avec l'ancienne puissance coloniale.

Cette stratégie consistant à accorder la priorité à la France a été inaugurée par le conseiller d'Hassan II André Azoulay, qui l'a appliquée au profit du groupe hôtelier Accor, ou encore de Publicis. Mourad Chérif n'innove donc pas en cette matière, mais se montre particulièrement zélé à défendre les intérêts français au Maroc.

Il se hâte d'abord de vendre au groupe d'assurances Axa l'un des fleurons de l'ONA, l'Africaine d'assurance, dans des conditions rocambolesques : il commence par marchander un statut d'actionnaire minoritaire pour l'ONA, avant de céder l'ensemble à un prix que les experts considèrent comme bien inférieur à ce qu'il aurait dû être.

Dans le même registre, l'ONA vend une dizaine d'hypermarchés Marjane au groupe Auchan, pour un prix qui sera à nouveau jugé bien trop bas. En parallèle, le patron de l'ONA se lance dans une série d'acquisitions hasardeuses : la petite biscuiterie Bimo, pour laquelle le holding royal débourse 440 millions de dirhams, la reprise au prix fort d'une PME spécialisée dans les gaufrettes et les cacahuètes[1]... Les résultats ne se font pas attendre. En 2001, le cours de Bourse de l'ONA chute de 40 % et le holding plie sous un endettement record. Mourad Chérif ne sera démis de ses fonctions qu'en 2002.

Pour assombrir encore ce début de nouveau règne, le Palais entretient des relations tendues avec le patronat marocain, pourtant réputé, à quelques exceptions près, pour sa docilité. Les chefs d'entreprise n'investiraient pas assez au royaume. « On était dans l'impasse, reconnaît ce consultant qui a travaillé à débloquer la situation pour le compte des autorités marocaines. Mais il faut aussi comprendre les patrons. Au cours de ces dernières années, l'État avait cumulé de très lourds arriérés de paiement auprès des entreprises. Au point que certaines d'entre elles étaient à sec[2]. » Compte tenu de l'urgence, l'argent public est débloqué aussi vite que possible, et le miracle survient : les patrons commencent à rapatrier au Maroc l'argent qu'ils avaient placé à l'étranger. « La Suisse était alors temporairement devenue le second plus gros investisseur étranger du royaume », ironise le consultant.

Une grève de l'investissement inventée de toutes pièces

Les hommes du roi, notamment Fouad Ali El Himma, ministre délégué à l'Intérieur, et Mounir Majidi, secrétaire particulier de Sa Majesté, instrumentalisent cette

1. *Ibid.*
2. Entretien avec l'un des auteurs, Paris, octobre 2011.

supposée jacquerie patronale comme une aubaine. Pour mieux faire rentrer les chefs d'entreprise dans le rang, ils exploitent à loisir un argument mensonger : les patrons ont tenté de faire la grève de l'investissement car ils ne croyaient pas au nouveau roi. « C'est faux ! proteste l'un d'eux. Notre attentisme s'expliquait par une conjoncture économique médiocre où les perspectives de rentabilité étaient perçues comme faibles. Durant ces années, il n'y a jamais eu de grève de l'investissement[1]. »

Cette manipulation n'est pas le fruit du hasard. Au début du règne de Mohammed VI, de grandes manœuvres se préparent en coulisse pour mettre la main sur la gestion de la fortune royale. Mohammed VI ne cache pas à son entourage qu'il en fera une de ses priorités, et y être associé est un moyen efficace de s'attirer les faveurs du sultan. Dès le mois de mars 2000, le roi nomme Driss Jettou à la tête de l'ONA. Le choix de cet homme lisse et discret, que le ministre de l'Intérieur d'Hassan II, Driss Basri, se vantait d'avoir découvert en 1995, n'est pas dénué de pertinence.

Contrairement aux jeunes quadras surdiplômés et arrogants qui évoluent autour de Mounir Majidi, Jettou n'est ni polytechnicien ni centralien. Il a mené sa carrière de chef d'entreprise dans la chaussure et cumule les fonctions politiques sans entretenir une réputation d'affairiste. Pas encore, en tout cas. Successivement ministre du Commerce et de l'Industrie puis ministre des Finances, Jettou est plutôt réputé compétent. Et, lorsqu'il devient « représentant officiel des intérêts

---

1. Entretien avec les auteurs, Casablanca, septembre 2011.

de la famille royale au sein de l'ONA », c'est tout naturellement que la presse aux ordres le qualifie obséquieusement de « fidèle serviteur du trône alaouite[1] ».

Plus terne que jamais, il s'attaque alors à sa mission : dessiner les contours de la nouvelle stratégie de l'ONA, qui doit marquer le nouveau règne. Objectif inavoué : faire gagner beaucoup d'argent au roi et à sa famille.

La tâche s'annonce difficile. « Lorsque Jettou prend ses fonctions, il trouve les établissements royaux dans un piètre état, traversés de conflits sociaux, explique l'économiste marocain Fouad Abdelmoumni. Certains gérants ne payaient pas les salaires, et les forces de l'ordre intervenaient épisodiquement pour calmer les esprits. En dépit de ce climat pesant, il estime qu'il faut dissoudre les participations majoritaires ou trop voyantes de l'ONA et opter pour des participations minoritaires dans de nombreux secteurs[2]. »

« Jettou estimait que l'ONA et donc le monarque ne devaient pas être des acteurs majeurs dans l'économie, mais que le holding royal devait se cantonner à être une société de participations », complète le patron marocain qui s'est exprimé plus haut.

Driss Jettou n'aura pas le temps de mettre en œuvre sa stratégie. Un an plus tard, en 2001, il est brusquement nommé ministre de l'Intérieur. Les choix et les caprices du roi ne s'imposent-ils pas à tous ? Mounir Majidi lui succède. Il pense avoir acquis les rudiments du métier de gestionnaire de la fortune royale au contact de Jettou.

---

1. Abdellah Chankou, « Driss Jettou, la force de l'engagement », *MarocHebdo international*, 31 mars 2000.
2. Entretien avec les auteurs, Rabat, septembre 2011.

Il est épaulé par un illustre inconnu, Hassan Bouhemou, qui, en 2001, a été nommé à la tête du holding royal Siger. Son visage poupin et ses épais sourcils noirs lui donnent de faux airs de labrador qui ne doivent pas tromper : intellectuellement supérieur à l'entourage médiocre qui gravite autour de Mohammed VI, cet homme aime la discrétion. C'est un homme impitoyable, dit-on, et il entend se faire une place au soleil de la monarchie. Il aligne un début de carrière irréprochable : École polytechnique et Mines en France, poste d'ingénieur chez Schlumberger, retour au pays en 1992, et des fonctions dans la banque BMCE où il s'est fait repérer par un proche de Mounir Majidi. L'homme le présente très vite au secrétaire particulier du roi en quête de « jeunes et brillants managers à la fibre patriotique[1] ».

En 2001, personne ne soupçonne le rôle prépondérant qu'Hassan Bouhemou va jouer dans la vaste entreprise de prédation de Mohammed VI. Très vite, il forme une alliance stratégique avec Majidi, qu'il ne lâchera plus, lui servant d'éminence grise.

Pour l'heure, le duo Majidi-Bouhemou est confronté à un problème nommé Driss Jettou. Ils préparent dans l'ombre la première étape de la vaste entreprise de mise en coupe réglée du pays, qui passe, selon eux, par l'émergence de champions nationaux. Une stratégie qui se situe à l'exact opposé de celle prônée par Driss Jettou.

Au Palais, la doctrine dominante affirme qu'un champion national doit être un leader dans son domaine,

---

1. Aïssa Amourag, *MarocHebdo international*, 11 février 2005.

faire office de locomotive pour les autres entreprises et servir de levier pour tirer un secteur vers l'excellence. Avec quelques années de recul, on s'aperçoit que le « champion national » est, de fait, une entreprise dont le roi est actionnaire et qui n'accepte d'évoluer que dans un contexte de monopole ou, à la rigueur, de quasi-monopole... Aucune concurrence sérieuse n'est tolérée, et tous les moyens sont mis en œuvre pour parvenir à ces fins, y compris le recours à une justice peu réputée pour son indépendance.

Pour convaincre Mohammed VI de se rallier à cette théorie des « champions nationaux », qui n'est pas encore entrée dans sa phase d'application, le duo infernal n'hésite pas à expliquer au roi que ses entreprises permettront de créer de nombreux emplois.

La crise de jalousie d'El Himma

Sur le plan politique, un domaine sur lequel les deux hommes n'ont pas prise, la situation se dégrade. Au printemps 2002, le gouvernement socialiste, mené par Abderrahmane Youssoufi, s'épuise dans la désillusion générale. Des élections législatives ont lieu en septembre mais, contrairement à l'usage, Mohammed VI ne choisit pas son Premier ministre dans l'une des deux grandes formations politiques que sont l'Istiqlal (conservateur) et l'USFP (Union socialiste des forces populaires). Il jette à la dernière minute son dévolu sur son ancien grand argentier, Driss Jettou.

Cette nomination en surprend plus d'un – l'homme n'est encarté dans aucun parti –, mais est néanmoins perçue comme un geste d'ouverture et de dialogue.

Homme de contacts et courtisan formé à toutes les subtilités du Makhzen, Driss Jettou a été assez habile pour placer ses réseaux à la disposition de Mohammed VI et cultiver son profil d'éternel soumis. Il faut dire que les réseaux en question comptent de nombreuses ramifications. C'est ainsi que Jettou s'entend fort bien avec les principaux généraux de l'armée marocaine, qui forment l'ossature du régime. Il jouit en outre du soutien des milieux d'affaires, et les patrons voient en lui un des leurs, mais aussi le représentant des Berbères. Consensuel à souhait, Driss Jettou est en quelque sorte l'homme pivot de la monarchie. Il sait mieux que quiconque que, pour évoluer et durer au sein de ce système, il ne faut afficher ni ego ni personnalité trop marquée.

Son succès commence bientôt à irriter Fouad Ali El Himma, qui use et abuse de sa proximité avec le souverain pour tirer les ficelles de la vie politique du royaume. Chaque fois qu'il sent un rival pointer, El Himma nourrit une violente jalousie à son égard. Et il en veut à Jettou d'avoir organisé avec succès les législatives de 2002 lorsqu'il était ministre de l'Intérieur, puis d'avoir instauré une dynamique de travail qui l'a éclipsé, lui, le vieux copain du souverain. Alors si en plus, maintenant, Driss Jettou devient le chouchou du patronat et des chancelleries étrangères…

El Himma livrera une guerre sans merci au Premier ministre nommé par Mohammed VI. Jettou tiendra pourtant jusqu'en 2007, date à laquelle il sera démis de ses fonctions. Mais à quel prix !

Pendant toutes ces années au pouvoir, Jettou aura été soumis au travail de sape d'El Himma. Un témoin qui a côtoyé le conseiller royal pendant ces années se rappelle la violence de ses propos : « Jettou est un grand salaud qui fait croire que toutes les initiatives du roi viennent de lui », aurait-il dit un jour. Avant qu'il soit écarté de son poste, ses adversaires, El Himma en tête, mais aussi Mounir Majidi et Hassan Bouhemou, auront obtenu une première victoire contre lui : Mohammed VI n'adressait plus la parole à son Premier ministre. Il avait pratiquement cessé de le recevoir...

Certaines affaires, dont certaines sont fondées et d'autres non, fleurissent alors dans les médias. Ainsi, en 2006, il est « révélé[1] » que le Premier ministre aurait pesé de tout son poids pour défendre les anciens dirigeants de l'Office chérifien des phosphates (OCP), mis à pied par la nouvelle direction qui aurait découvert une épouvantable gabegie financière. D'autres affaires moins crédibles ont trait à des terrains mal acquis, qui seraient autant de cadeaux royaux ou dispensés par certains politiques.

Le terrorisme fait irruption

Un événement majeur dans l'histoire récente du Maroc va temporairement mettre un terme aux affrontements au sein du Makhzen. Le 16 mai 2003, cinq cellules de kamikazes se font sauter à Casablanca, la capitale économique du royaume, tuant quarante-cinq personnes (dont douze terroristes) et en blessant une centaine d'autres.

Les jihadistes ont sommairement ciblé des lieux

1. Paul Héauduc, « Les gros sabots de Driss Jettou », *Bakchich*, 27 juin 2007.

qu'ils associent à la « débauche », au « sionisme », ou tout simplement aux « étrangers » : une place de la médina, l'hôtel Farah, La Casa de España, le club de l'Alliance israélite et le restaurant Positano.

Les responsables de la Sécurité, et en premier lieu le général Hamidou Laanigri, qui dirige la DST, ont vite fait de pointer du doigt la nébuleuse terroriste d'Al-Qaida et un Oussama Ben Laden encore auréolé par les attentats du 11 septembre 2001. Pourtant, tous les kamikazes sont marocains et issus d'un même bidonville fait de baraquements en tôle et de ruelles boueuses, celui de Sidi Moumen. Là s'entassent des familles venues des campagnes, dont la jeunesse n'arrive pas à trouver sa place dans le tissu urbain. Les salafistes et les prêcheurs de haine trouvent en ces lieux des oreilles attentives.

Les images insoutenables des blessés et des cadavres choquent profondément l'opinion publique marocaine. Le royaume vient de basculer dans l'ère du terrorisme islamiste, dont il avait été préservé jusqu'alors. En apparence seulement. Comme le note le journaliste Ahmed Reda Benchemsi dans un excellent texte[1] publié après les attentats de Casablanca, les mois précédant ces attaques suicide, le Maroc avait connu plusieurs alertes terroristes de premier ordre.

D'abord sous la forme d'actes criminels isolés, comme ce 23 mars 2002, quand un ivrogne avait été lapidé à mort en pleine rue par une « cellule » dirigée par un prédicateur qui jouait aussi aux émirs. Plus grave, près de deux mois plus tard, une cellule

---

1. Ahmed Réda Benchemsi, « Comment nous en sommes arrivés là », *TelQuel*, n° 176.

dormante d'Al-Qaida, où avaient été identifiés trois Saoudiens, avait été démantelée. Elle projetait notamment de faire sauter un navire américain croisant dans le détroit de Gibraltar. Enfin, en mars 2003, un attentat avait été déjoué au complexe cinématographique Mégarama, à Casablanca. Le carnage avait été évité de justesse.

Terrorisme d'origine étrangère, terrorisme local, le Maroc est à la croisée des chemins, et cela depuis longtemps, même si la *dolce vita* dans laquelle s'installe le roi incite à l'oubli et à la torpeur. Et pourtant ! Les services de sécurité n'ignorent pas que, dans les années 1980, pas moins de soixante-dix Marocains ont pris le chemin de l'Afghanistan pour combattre les Russes aux côtés des moudjahidin afghans. Puis, au tout début des années 2000, le Groupe islamique combattant marocain, plus connu sous le sigle GICM, voit le jour en Afghanistan, avec la création d'un camp d'entraînement pour les jihadistes en provenance du royaume.

« Ils nous poussent à revenir à l'époque d'Oufkir »

Le désordre et la confusion qui règnent alors au Maroc travaillent en faveur de Fouad Ali El Himma, qui, malgré ses compétences limitées en matière de lutte contre le terrorisme, intrigue en coulisses pour s'immiscer dans ce dossier.

Une source des services secrets français de la DGSE, qui espionne l'ami du roi, se fend d'une note ô combien instructive à son officier traitant. On y apprend que, pour El Himma, « ces attaques ont entaché l'image de l'"exception marocaine" en matière de sécurité, et que Sa Majesté ne peut que prendre les mesures adéquates dans les prochaines semaines ».

El Himma tient davantage, on l'aura compris, du faucon que de la colombe et, au sujet des grandes figures de l'islamisme marocain, il se laisse même aller à quelques menaces : « Nous passerons à l'acte et à la logique de l'œil pour l'œil. Ils nous poussent à revenir à l'époque d'Oufkir. » Sous-entendu : à la liquidation pure et simple des islamistes. Déchaîné, le ministre délégué à l'Intérieur s'en prend aussi à ceux qu'il juge responsables de la propagation d'une idéologie violente. Il pointe ainsi que « le financement des groupes, grands comme petits, provient des pays du Golfe en premier lieu, de la contrebande à travers l'Espagne et de l'argent de la drogue ». Pour ce qui concerne les financements arabes, El Himma vise en priorité les associations saoudiennes qui, selon lui, « agissent probablement avec le consentement d'une partie des services ». Quoi qu'il en soit, les fiches de renseignements de la DGSE révèlent que, après les attaques du 16 mai 2003, l'ami du roi pèse lourd dans la galaxie des « sécuritaires » qui gravitent autour du souverain. Et ce n'est pas une bonne nouvelle pour les généraux et autres Hamidou Laanigri, patron de la DST, fort jaloux de leurs prérogatives.

En 2002 déjà, Driss Basri, l'ancien ministre de l'Intérieur d'Hassan II qui se languissait en exil à Paris, prédisait à des agents de la DGSE venus le confesser à domicile que « le roi ferait le ménage prochainement au niveau des principales institutions du royaume,

notamment l'armée et les services de sécurité ». Mais
« il le ferait par étapes, sans bousculades[1] ». Tout retraité
qu'il était, Basri ne s'était pas trompé, à ceci près que
Mohammed VI n'ouvrirait les hostilités contre les plus
hauts gradés qu'en février 2005.

La première « victime » de la purge sera le général
Harchi, spécialiste de l'islamisme radical, qui est renvoyé de la DGED (renseignement extérieur marocain)
au profit d'un civil, Yassine Mansouri, dont le principal mérite est d'avoir étudié au Collège royal avec
Mohammed VI.

Trois mois plus tard, en mai 2005, le général Arroub,
qui jouit d'une réputation d'homme intègre et dirige le
3e Bureau de l'armée, est déstabilisé par la controverse
liée à l'ouverture en grande pompe d'un musée à la
gloire du maréchal Méziane, un fervent supporter du
caudillo espagnol Franco. Puis, en juillet 2006, c'est
au tour du général Belbachir, qui dirige le renseignement militaire, d'être mis en retraite d'office à la suite
d'une étrange affaire liée à un groupe terroriste nommé
Ansar al-Mahdi.

Enfin, en septembre 2006, le Palais fait un sort au
général Hamidou Laanigri, qui avait déjà dû quitter
la DST après les attentats de Casablanca de 2003 et
qui occupait depuis lors le poste de directeur de la
Sûreté nationale. Il est promu inspecteur général des
forces auxiliaires, autrement dit des cordons de sécurité
déployés lors des manifestations… Les confessions
d'un baron de la drogue ayant mouillé l'un de ses
proches, qui occupait le poste stratégique de chef de

---

1. « Mohammed VI poursuit son ménage militaire », *Bakchich*,
6 mars 2007.

la sécurité des palais royaux, auront été utilisées pour le faire destituer.

Fin 2006, lorsque la reconquête du pouvoir sécuritaire par Mohammed VI et Fouad Ali El Himma est achevée, il ne subsiste plus qu'un survivant de l'ancien système : le général Hosni Benslimane. Plus puissant que les autres, il dirige toujours la gendarmerie royale, qui assure la sécurité du monarque lorsqu'il se déplace…

CHAPITRE VI

Le complot antifrançais

Au Maroc, tous les jeunes gens ambitieux et dépourvus de scrupules rêvent de pénétrer dans le Makhzen. Un observateur a qualifié ce système de « servitude volontaire ». Dans un monde où tous les pouvoirs, qu'ils soient exécutifs, législatifs ou judiciaires, sont réduits au rôle de figurants, un ambitieux choisira de se rapprocher de « Sidna », Sa Majesté. Il est le maître absolu, et si l'on parvient à se glisser dans le système, on peut à son tour prétendre régner avec la même intransigeance sur tout un réseau d'obligés et de collaborateurs. Et ces derniers seront les victimes toutes désignées de l'arbitraire du nouveau venu lorsqu'il voudra se venger des humiliations que le souverain lui a fait subir.

En effet, Mohammed VI ressemble étrangement peu au prince héritier qu'il fut. L'homme courtois et réservé s'est mû en un personnage autoritaire, capricieux, connu pour ses débordements – et notamment ses colères violentes, qui le conduisent parfois à frapper ses plus proches collaborateurs.

L'arrivée sur le trône d'un nouveau monarque s'accompagne toujours d'une période de flottement propice à toutes les opportunités. Ainsi, à l'avènement de

Mohammed VI, et dans son sillage, des hommes de sa génération aspiraient eux aussi à prendre le pouvoir et à en recueillir les bénéfices. Tout autant que son pouvoir politique, la puissance économique déjà détenue par le roi fascinait ces personnages. Même affaiblie et mal gérée, l'ONA demeurait une force tentaculaire. Mais, pour eux, gagner la confiance absolue du roi impliquait de lui laisser entrevoir un danger qu'eux seuls avaient identifié et qu'ils s'employaient à combattre.

Fabriquer de toutes pièces un complot est souvent le meilleur moyen de cacher celui qu'on est en train de tramer. En 2003, Mohammed VI entendit le fidèle Mounir Majidi, son secrétaire particulier, lui livrer une information stupéfiante : la France mettait à profit le début de son règne pour développer un vaste complot dont l'objectif était tout simplement la prise de contrôle de l'économie marocaine. Et notamment de l'ONA. La prétendue information était sans fondement, mais elle fut prise au sérieux par Mohammed VI. La vérité pénètre rarement dans ce monde clos, feutré et volontiers paranoïaque qu'est le Palais royal, et il suffit souvent aux manipulateurs de présenter leurs arguments avec habileté pour parvenir à leurs fins.

D'autant que, dans cet univers où les intrigues se nouent et se déjouent quotidiennement, les preuves écrites existent rarement et les mots sont susceptibles d'assener un coup mortel. Le roi fut ainsi informé que les Français avaient même déjà choisi leur homme pour l'installer à la tête de l'ONA quand ils auraient gagné la partie. Un fantoche, qui serait totalement à leur service. Quand son nom fut prononcé, le roi resta stupéfait : Hassan Bernoussi, l'un des plus fidèles de ses proches, dévoué corps et âme à sa personne depuis qu'il était prince héritier.

Les courtisans-comploteurs expliquèrent au roi qu'ils étaient les premiers peinés à devoir lui apprendre la triste félonie. En fait, dans la mise en œuvre de leur stratégie de montée en puissance, Bernoussi, trop proche du roi, les gênait. Il fut donc exclu du premier cercle royal, mais dans son incroyable perversité le système fit en sorte qu'il continue, au fil des années, à recevoir des invitations à des cérémonies organisées au Palais. Il persiste aujourd'hui à s'y rendre avec assiduité et, faisant preuve de la même constance, le roi, dont il fut si proche, continue de l'ignorer avec dédain.

« Il a tout donné aux Français ! »

Tout complot suppose un stratège et, dans ce cas précis, les témoignages concordent : le « complot français » n'a pas été conçu par le secrétaire particulier du roi, Mounir Majidi, mais par un homme qui se tenait constamment à son côté depuis qu'il l'avait recruté, Hassan Bouhemou, son « mauvais génie », disaient certains.

À la tête de Siger, le holding royal, ce polytechnicien de 43 ans au style agressif, voire cassant, est décrit par un de ceux qui ont travaillé avec lui au sein des affaires royales comme un homme « intelligent, complexe, machiavélique, un vrai cynique ». De fait, l'homme qui conçut l'idée du « complot français » déteste viscéralement la France, même s'il est issu des grandes écoles de la République. « Une haine incroyable, confiera un de ceux qui l'ont côtoyé. Il racontait que, pendant ses études, il avait été humilié, victime du racisme[1]. »

En 2003, Bouhemou est nommé à la tête de la SNI, la Société nationale d'investissement, un holding qui, avec Siger, est le levier financier du roi et l'actionnaire majoritaire du groupe ONA. L'homme est désormais installé au cœur du pouvoir royal et il en connaît chaque secret, ou presque. Hassan Bouhemou et Mounir Majidi vont alors promouvoir auprès de l'opinion marocaine leur idée de créer des « champions nationaux », projet qui n'était que la reprise du vieux discours tenu par leurs prédécesseurs à la tête de l'ONA, ces hommes chargés de la gestion de la fortune du roi. Un discours au nationalisme désormais ombrageux, qui servirait uniquement à masquer l'ampleur de la prédation.

À partir de 2003, une fois l'ennemi clairement désigné et le roi placé sous influence, les deux hommes passent à l'offensive. Leur objectif est d'imposer aux groupes français un nouveau rapport de force reposant sur un principe incontestable : désormais, nous sommes les patrons. Entre 1999 et 2002, on l'a dit, le patron de l'ONA, Mourad Cherif, avait pris l'initiative de signer des partenariats avec plusieurs grands groupes français, notamment Axa et Auchan. Quand il avait été évincé en 2002, sa disgrâce reposait déjà, pour une large part, sur l'argumentation avancée par Majidi et Bouhemou : il avait tout donné aux Français…

L'argument n'était d'ailleurs pas totalement fallacieux. Cherif professait une admiration sans bornes

---

1. Entretien avec l'un des auteurs, Paris, novembre 2011.

pour le capitalisme à la française, côtoyait de nombreux grands patrons de l'Hexagone. Il avait ouvert toutes grandes les portes de l'ONA à plusieurs groupes, avait-il dit à ses collaborateurs, pour « bénéficier de leur expertise et de leur savoir-faire ».

Ainsi, l'accord signé avec Auchan prévoyait au départ une répartition du capital 50-50, ce qui avait déplu en haut lieu. On lui avait substitué alors un partage 51-49 en faveur de l'ONA, mais Cherif avait expliqué aux dirigeants d'Auchan, à en croire l'un de ses proches, qu'il s'agissait d'une pure formalité et que les deux groupes exerceraient un contrôle conjoint[1]. Un faux pas que Majidi saurait transformer en faute.

Les erreurs de management, dans un univers comme celui de la Cour et du Palais, ne suffisent pas toujours à abattre un homme. L'information malveillante, la calomnie bien maîtrisée, elles, se révèlent le plus souvent des armes fatales. Mourad Cherif était un personnage hautain, qui ne semblait pas avoir compris que l'époque avait changé. Il voyait en Majidi un personnage effacé, un simple exécutant des caprices royaux, sans avoir perçu un seul instant l'irrésistible ambition et la montée en puissance du secrétaire du roi.

Aux yeux de Majidi et de Bouhemou, Cherif était condamné. Encore fallait-il que se produise l'événement qui, à coup sûr, causerait sa chute. Il eut lieu en 2002, à l'occasion d'une visite du patron de l'ONA en République de Guinée. Cette année-là, Chérif vint inaugurer un complexe minier aurifère de Managem, une filiale du holding royal. Il reçut dans ce pays

1. Fédoua Tounassi, *Le Journal hebdomadaire*, février 2007.

d'Afrique un accueil fastueux, ponctué de réceptions dignes d'un chef d'État.

Ce faisant, il venait à son corps défendant de franchir la ligne jaune. Mounir Majidi recueillit sur ce périple africain tous les détails susceptibles de susciter l'agacement et, pourquoi pas, la colère du roi. Il rapporta toutes sortes d'anecdotes qu'il se plut à amplifier pour mieux démontrer que Cherif s'était comporté de façon impardonnable, jouant les califes à la place du calife. À l'encontre de cet homme qui n'avait pas su garder son rang, le verdict tomba, sans appel : limogé mais recasé à la tête de l'Office chérifien des phosphates (OCP).

À partir de 2005, l'ONA s'attaque au groupe français Axa. Un long affrontement s'ensuit entre Majidi et Bouhemou, d'un côté, et Claude Bébéar, le président fondateur du groupe Axa, de l'autre. Les deux négociateurs marocains veulent imposer leurs conditions au rachat total d'Axa, mais Bébéar s'en tient à la valorisation officielle du groupe. Pour accroître la pression sur Axa, les Marocains déclenchent un contrôle fiscal à son encontre.

Jean-René Fourtou, l'ancien président de Vivendi, qui réside fréquemment au Maroc, va alors jouer les conciliateurs entre les deux camps… qui ont beaucoup à se reprocher. Les pactes d'actionnaires signés par Mourad Chérif étaient tous favorables aux intérêts des groupes français et, dans le cas d'Axa, c'étaient ces responsables français qui dirigeaient dans les faits le nouvel ensemble, où l'ONA ne possédait que 49 %.

Dans ce contexte qui leur était défavorable, les hommes du Palais prirent une décision radicale : développer la société Wafa Assurances, un concurrent direct d'Axa Maroc, sur laquelle ils avaient mis la main lors de la fusion entre la BCM (Banque commerciale du Maroc, propriété de l'ONA) et Wafa Bank (dont Wafa Assurances était la filiale). Un responsable d'Axa avait confié à l'époque : « L'ONA nous a poignardés dans le dos. » En 2007, finalement, l'ONA quitta Axa Maroc, contraignant le groupe français à racheter la totalité des parts royales.

« Ils sont d'une arrogance confondante »

En 2006, Majidi engage l'épreuve de force avec Auchan. Le géant français de la grande distribution possède une importante participation dans la chaîne de supermarchés Acima et d'hypermarchés Marjane, deux fleurons du holding royal. L'ONA fait voter à la majorité simple, et contre l'avis de son partenaire français, une résolution prévoyant le passage du nombre de membres de l'ONA au sein du directoire de Marjane et d'Acima de un à deux[1]. Une décision qui marginalise Auchan et remet en cause le protocole signé en 2000, qui prévoyait un contrôle conjoint et paritaire des deux entreprises. Toutes les tentatives de conciliation menées par les Français échouent. La direction d'Auchan, témoignant d'une étonnante naïveté ou d'une méconnaissance absolue de la réalité du pays, demande alors que le différend soit tranché par une procédure d'arbitrage prévue au protocole.

Le tribunal arbitral composé de trois arbitres, un pour chaque partie plus un président désigné par le

1. *Ibid.*

tribunal de commerce de Casablanca, déboute bien sûr les Français en affirmant : « Les dispositions du protocole de 2000 sont nulles et sans effet en ce qui concerne l'objet du différend. »

Christophe Dubrulle, le président du directoire d'Auchan, ne cachera pas son indignation : « Cette conclusion nous stupéfie littéralement. Elle est totalement contraire à toutes les pratiques de droit international et à tous les avis d'experts juridiques marocains et internationaux que nous avons consultés sur cette question. Je suis forcé d'en conclure que les protocoles d'accords internationaux signés par l'ONA semblent ne pas avoir de valeur au Maroc[1]. »

Auchan joue la montre, décide de rester et, en 2007, les deux parties trouvent un accord qui scelle le départ d'Auchan et la revente de ses 49 % à l'ONA. Un accord qui se solde tout de même par une confortable valorisation de cette moitié de capital, à hauteur de 3,27 milliards de dirhams (327 millions d'euros).

Cette éviction laissera pourtant un goût amer aux Français… et les coudées franches aux stratèges royaux. C'est que le secteur de la grande distribution connaît des taux de croissance qui permettent d'engranger des bénéfices considérables. Jusqu'alors, l'approvisionnement des grandes surfaces prévoyait que l'on passe par la centrale d'achats d'Auchan. Désormais, ce sont les filiales de l'ONA qui alimentent les magasins Marjane et Acima. Un fonctionnement en circuit fermé qui réduit les coûts et accroît les profits. Selon l'ONA,

---

1. Élisabeth Studer, « Auchan : déconfiture au Maroc face à l'ONA », www.leblogfinance.com, 23 janvier 2007.

la filière distribution représente 25 % de son chiffre d'affaires, véritable machine à cash, et rapporte plus de 7 milliards de dirhams[1].

Partager cette manne avec un groupe étranger est devenu impensable. Sans compter que le potentiel de développement de la grande distribution est colossal : il ne représentait, en 2006, que 8 % des achats alimentaires au Maroc, évalués entre 140 et 150 milliards de dirhams[2].

Le départ d'Auchan permet également au roi et à ses deux exécutants d'imposer, bien à l'abri des regards, les nouvelles règles du jeu. Celles-ci ont peu à voir avec celles qui prévalent dans l'économie de marché. Un homme qui a été témoin de ces agissements décrit « cette chaîne où, insidieusement, le gouvernement devient le relais d'ordre du Palais et accepte d'octroyer quasi gratuitement au groupe d'hypermarchés Marjane appartenant au roi des terrains publics à travers le pays[3] ». En épilogue de ce bras de fer avec les groupes hexagonaux, un responsable marocain de l'ONA lancera en forme de boutade : « Quand il y en a pour deux, il y en aura encore plus pour un. »

Désormais, si les Français veulent travailler au Maroc, il leur faut se plier à ces nouvelles règles instaurées par Mounir Majidi et Hassan Bouhemou. Un proche des deux hommes confie : « Ils sont d'une arrogance confondante. Quand ils s'adressent aux Français, ils leur disent en résumé : "Vous faites ce que nous voulons et, en contrepartie, vous nous soutenez sur le dossier

1. *Ibid.*
2. *Ibid.*
3. Entretien avec l'un des auteurs, Paris, novembre 2011.

du Sahara-Occidental." » Cette attitude crée un énorme malaise en France dans les milieux économiques.

Avec beaucoup de candeur il est vrai, le monde des affaires français considérait le Maroc comme un marché définitivement acquis. Il pensait que les liens étroits tissés entre le roi du Maroc et Jacques Chirac constituaient une sorte de paratonnerre qui les protégerait toujours. Dans un monde où les intérêts français étaient de plus en plus fréquemment chahutés et contestés, le Maroc demeurait un havre de paix. Un calme trompeur.

La remise en cause des positions d'Auchan et d'Axa provoqua un véritable séisme. L'ambassade de France à Rabat dut affronter les doléances des hommes d'affaires français, et certains d'entre eux, bien introduits, s'adressèrent directement à l'Élysée. Comme dans les histoires de meurtres en série, chacun s'interrogea sur l'identité de la prochaine victime et, bientôt, on connut son nom. Il s'agissait du groupe Danone, sur le point d'être évincé de la Centrale laitière à laquelle il était associé. Au dernier moment, il fut décidé de le laisser en place en raison de la concurrence à laquelle son associé marocain devait faire face. Quoi qu'il en soit, Jacques Chirac vit successivement défiler dans son bureau Claude Bébéar d'Axa, Christophe Dubrulle d'Auchan, Franck Riboud de Danone, au plus fort de la partie de bras de fer que leur imposait l'État marocain.

Le roi n'écoute pas Chirac

Le président français redoutait que ces tensions ne pèsent durablement sur les relations entre les deux pays. Il savait déjà que Mohammed VI ne l'écoutait que d'une oreille distraite, et souvent agacée. Il s'adressa alors à la sœur préférée du roi, Lalla Meryem, pour lui demander d'intervenir et de faire entendre raison à son frère.

Elle ne fut pas plus entendue. Le roi voulait accroître ses bénéfices, et surtout ne plus avoir à les partager avec des groupes français. Son intention était de se tourner vers d'autres partenaires, beaucoup moins à cheval sur le respect des protocoles d'accord et l'application des normes internationales. Des partenaires ayant, dans la gestion des affaires, la même approche que lui : les princes des Émirats, pour qui une « caution royale » suffit à sceller une affaire.

Le banquier Khalid Oudghiri, qui fut considéré comme un virtuose de la finance marocaine lorsqu'il créa la banque la plus puissante du pays (elle appartient au roi), Attijariwafabank, avant d'être la victime des intrigues du Palais, résume ainsi la nouvelle donne : « Mounir Majidi et Hassan Bouhemou dégagent des bénéfices records et se prennent pour des hommes d'affaires. Mais quel est le rapport avec l'économie réelle quand tout cela est guidé par l'arbitraire royal ? Aussitôt que quelqu'un s'exprime au nom de la volonté royale, personne ne peut s'y opposer[1]. »

Le fait du prince est constitutif de la réalité du pays, et il est étonnant qu'un groupe comme Auchan ait pu croire sérieusement qu'il bénéficierait d'un jugement équitable quand les intérêts du roi étaient en jeu. Si l'on en croit Khalid Oudghiri : « La justice n'a pas besoin de recevoir des ordres, elle les devance. Le système est d'une telle servilité qu'il fonctionne de façon autonome. »

1. Entretien avec l'un des auteurs, Paris, novembre 2011.

François Mitterrand, interrogé sur sa définition du pouvoir, avait répondu : « Le vrai pouvoir, c'est de nommer. » Or, au Maroc, il n'est pas une institution, un poste important dont le dirigeant ne soit nommé par le roi : le président du patronat comme celui de l'association des banques ou de la fédération marocaine de football.

En vérité, et c'est ce qui rend le pouvoir de son entourage exorbitant, le roi nomme mais choisit rarement. Il approuve le plus souvent les noms que ses proches conseillers lui soumettent. Tous ont un point commun : ce sont des hommes de cour, ou qui aspirent à le devenir, et ils savent que ce qui vient de leur être accordé peut à tout instant leur être retiré.

Au sein du holding royal Siger, dont le siège est situé à proximité du palais de Rabat, Mounir Majidi et Hassan Bouhemou, de leurs bureaux luxueux en marbre blanc, tissent ainsi les fils multiples qui les relient à leurs obligés. Et il leur faut être vigilants, car la moindre erreur de casting pourrait compromettre toute la stratégie.

Ce fut le cas en 2002, avec la nomination à la tête de l'ONA de Bassim Jaï Hokimi. Ce polytechnicien et diplômé de l'université américaine de Stanford, intègre mais connu pour son manque de charisme, vivait à Paris, où il travaillait dans l'informatique. Ceux qui l'ont rencontré à l'époque disent qu'il vivait dans un modeste appartement avec peu de moyens. Il décida alors de rentrer au Maroc et rencontra Mounir Majidi.

Le secrétaire de Mohammed VI choisit de le nommer à la tête de Primarios, l'entreprise qui fournit l'ameublement des palais. Puis les événements s'accélérèrent. Après avoir évincé Mourad Chérif, le patron de l'ONA trop peu docile, Majidi et Bouhemou virent en Hokimi le successeur idéal. Sa candidature fut présentée au roi, qui l'accepta sans jamais l'avoir rencontré.

L'objectif était désormais de présenter le holding royal comme un groupe moderne, transparent, respectant toutes les normes internationales et doté de nombreux partenaires étrangers de prestige. Une véritable stratégie de communication qu'Hokimi était hélas bien le dernier à pouvoir assumer de façon satisfaisante.

Homme sérieux mais dépourvu de présence, ses prestations télévisées se révélèrent médiocres. Au point de plonger le roi dans une violente colère. Un appel sur le portable de Mounir Majidi et, quinze minutes plus tard, celui-ci se retrouvait au palais, plongé dans la pénombre, essuyant les insultes de Mohammed VI qui acheva en lançant : « Vire-le ! »

Cette décision plongea Majidi et Bouhemou dans un profond désarroi. Ils n'avaient jamais envisagé de plan B, de candidat de rechange à Hokimi. Le poste était pourtant vital, et ils redoutaient les intrigues qui ne manqueraient pas de se nouer au sein de la Cour, où ils n'ignoraient pas qu'ils s'étaient fait de nombreux ennemis. Or il suffisait que le nom d'un candidat fût présenté avec suffisamment de conviction à l'oreille du roi pour que celui-ci tranche en faveur d'un homme sur lequel ils n'auraient aucun contrôle.

C'est ainsi que leur pire cauchemar allait devenir réalité. Le nouveau promu se nommait Saâd Bendidi, et il était jusqu'alors le patron du second opérateur téléphonique du royaume, Méditel, après avoir été le vice-président de Finance.com, qui appartient au milliardaire marocain Othman Benjelloun.

Bendidi ignorait peut-être qu'il n'était qu'un pion dans l'affrontement que se livraient des clans rivaux pour gagner la faveur du roi, mais il ne pouvait ignorer qu'il avait un ennemi mortel en la personne d'Hassan Bouhemou. Il professait un mépris affiché pour l'homme qui gérait désormais avec Majidi la fortune royale, et il ne se privait pas de dire en privé, sachant que ses propos seraient rapportés : « Bouhemou était un petit cadre qui travaillait pour moi du temps où je dirigeais la banque de Benjelloun. » Propos impardonnables, pour un homme comme Bouhemou, qui ne sait ni pardonner ni oublier.

Il fallut aux deux hommes trois ans d'un travail de sape acharné pour obtenir la tête de Saâd Bendidi. Le 11 avril 2008, à 17 heures, le conseil d'administration de l'ONA invita le président à « remettre ses mandats ». Un passage à la trappe d'une brutalité inhabituelle dans un monde où, pourtant, les destins brusquement scellés par les caprices royaux sont innombrables.

Bendidi n'eut pas droit au communiqué classique de remerciement pour l'accomplissement de sa mission. Au contraire, le procès-verbal contient des mots très durs, un véritable réquisitoire qui le taxe clairement d'incompétence. Le prétexte : parmi la centaine de filiales de l'ONA, celle qui avait pour objet la téléphonie mobile, Wana, avait essuyé des pertes importantes. Bendidi tomba des nues : quelques mois auparavant, il avait reçu un appel du roi le félicitant pour le lancement de Wana…

En réalité, Wana était un projet mal conçu, fruit

une fois encore de la volonté de Majidi et Bouhemou de satisfaire l'appétit sans limites de Mohammed VI. Il s'agissait de lui permettre de prendre pied dans le secteur en pleine expansion des télécoms, l'un des rares domaines qu'il ne contrôlait pas encore. La société se révéla un gouffre financier, mais il est toujours plus simple d'imputer ses propres erreurs à ses adversaires. Bendidi fut donc sacrifié sur l'autel de l'efficacité, mais ce n'était à l'évidence qu'un prétexte.

Aussitôt en fonction, le président de l'ONA, quel qu'il fût, n'était plus qu'un pion aux pouvoirs rognés. Car Majidi et Bouhemou accentuaient constamment l'emprise royale sur l'économie du pays. Jusqu'à l'asphyxie. Dès 2002, par un tour de passe-passe financier que lui avait soufflé le discret Hokimi, futur évincé de l'ONA, Majidi avait en outre verrouillé le contrôle exercé par le holding royal Siger.

En 2003, les deux « architectes » royaux annoncèrent en effet une initiative surprenante. La SNI, holding détenant des participations royales, devint malgré sa taille plus modeste la holding mère de l'ONA, tout en restant elle-même contrôlée à hauteur de 60 % par le cœur du pouvoir financier du roi, Siger. Un échafaudage qui défiait les lois de la gravitation économique. Et pour cause : les 13 % que la famille royale détenait dans l'ONA se transformaient ipso facto en plus de 60 % sous l'effet de la magie des montages financiers, sans injection de nouveaux fonds. Désendettement et autonomie des filiales furent les arguments avancés pour justifier cette opération.

Il ne s'agissait plus seulement d'osmose entre monarchie et affaires, mais de la naissance d'un phénomène politiquement nouveau : le roi détenait désormais un pouvoir absolu, d'ordre divin, politique... et affairiste.

Aucun projet sans l'accord du roi

Le nouvel ensemble fut placé sous la direction d'Hassan Bouhemou, et le directeur de l'ONA, Bassim Jaï Hokimi, qualifia l'opération qui venait d'être réalisée de « rotation de participations ».

Cette formule technique cache une manipulation beaucoup plus sordide. Un mois avant la mise en œuvre de cette transaction, les responsables des principales caisses de retraite du pays, la MAMDA, la RCAR et le CIMR, avaient reçu l'ordre de vendre au rabais, au holding royal Siger, les participations de l'ONA qu'ils détenaient. Dans un simple but : permettre au roi d'asseoir son contrôle financier sur le groupe. Le message transmis laissait entendre aux responsables que leur geste serait apprécié comme un cadeau adressé au prince héritier... à l'occasion de son anniversaire. Certains d'entre eux poussèrent la servilité jusqu'à revenir précipitamment de vacances pour veiller au bon déroulement des opérations.

C'est par conséquent à une sorte de racket que le Palais s'est livré, une saignée à blanc des caisses qui gèrent pourtant les retraites de millions de Marocains. Et il est peu probable que ces femmes et ces hommes ainsi lésés apprécient la rhétorique cynique de ceux qui les ont dépossédés : « Notre objectif est de doter le Maroc d'un champion de classe internationale générateur de croissance pour tous. » L'objectif était, plus prosaïquement, de donner à Mohammed VI la latitude financière dont il avait besoin. Le commentaire de ce gestionnaire de fonds est sans appel : « Une vraie OPA royale antisociale[1]. »

L'opération a révélé, en passant, que l'indépendance de ces caisses était une pure fiction. Leurs responsables sont d'ailleurs nommés par décret royal ou affiliés à la CDG, la Caisse de dépôt et de gestion, un organisme public totalement dépendant du Palais : son directeur général est nommé par le roi et ne rend compte qu'à lui.

Cet organisme est en outre le plus gros investisseur institutionnel du pays. À sa tête, le secrétaire particulier du roi a nommé un ami et camarade d'étude d'Hassan Bouhemou, Anass Alami. Un personnage offrant toutes les garanties de bonne conduite. Aucun projet ne peut être entrepris sans l'accord du roi.

Depuis l'arrivée au pouvoir de Mohammed VI, la CDG a souvent été mise à contribution dans le financement des projets royaux. Notamment quand des conseillers avisés ont suggéré au roi d'investir dans le Club Med afin, disaient-ils, qu'il devienne un acteur important dans le secteur du tourisme. L'opération s'est soldée pour la CDG par des pertes de plusieurs dizaines de millions d'euros, ce qui n'a pas empêché qu'on la réédite avec le géant allemand TUI. Pour un résultat tout aussi catastrophique.

Au service du Palais, la CDG échappe donc à tout contrôle du gouvernement. Ce sont pourtant des fonds publics qui sont mobilisés et dilapidés. En 2010, on estimait que les dépôts des épargnants atteignaient 56,7 milliards de dirhams.

1. Entretien avec l'un des auteurs, Paris, décembre 2011.

La CDG est de plus en plus souvent associée aux grands projets développés par SNI-ONA, le holding royal d'après la réforme de 2003. Ce qui représente un double avantage. D'abord, elle constitue une source de financement fort appréciable, et ensuite, sa participation permet aux hommes du Palais d'avancer masqués en prétendant de manière fallacieuse qu'à travers elle c'est « l'État impartial » qui agit.

Devancer les désirs du roi et lui donner satisfaction avant même qu'il les ait formulés permet d'apprécier le savoir-faire, la virtuosité d'un courtisan. Lui épargner toute contrariété est tout aussi important. C'est pourquoi il est capital que l'ONA, cette pieuvre royale, soit irriguée financièrement avec soin. Récemment, toutes les banques marocaines accordaient des crédits au holding royal, mais hélas il avait atteint le seuil maximal d'emprunts bancaires. La solution fut rapidement trouvée. Lé Palais exigea des responsables de la CDG qu'ils créent une banque d'affaires, la FIPAR. Celle-ci reçut immédiatement son agrément... pour accorder de nouveaux crédits à l'ONA.

CHAPITRE VII

Comment on fabrique un coupable

Voici la trajectoire d'un homme dont l'ascension et la chute illustrent tout à la fois les mœurs du Palais royal, les caprices du roi et le fonctionnement d'une machine judiciaire totalement aux ordres, employée à fabriquer un coupable pour satisfaire les désirs du souverain et de son entourage.

La carrière marocaine de Khalid Oudghiri ne dura que cinq ans, au cours desquels le « banquier le plus influent du royaume », qualificatif qui lui fut décerné par la presse, passa des sommets à la disgrâce avant d'être traité comme un coupable.

Ce diplômé de l'École centrale, né à Fès en 1957, possède la double nationalité franco-marocaine, et ce détail n'est pas anodin pour bien comprendre la suite de son histoire. Il rejoint en 1992 le groupe BNP-Paribas, participe à la fusion des deux établissements et acquiert une expertise reconnue. (Une petite précision sans lien direct avec l'affaire : BNP-Paribas gère de nombreux comptes appartenant à la famille royale marocaine. Une habitude conservée depuis l'époque d'Hassan II.)

En 2002, Khalid Oudghiri est nommé responsable de la région Moyen et Proche-Orient de BNP-Paribas lorsqu'il est approché par Mounir Majidi, le secrétaire particulier de Mohammed VI, pour prendre la direction de la BCM, la Banque commerciale du Maroc. Majidi vient juste de limoger le président de cette banque appartenant à l'ONA. Il rêve de recruter une « dream team », une équipe d'hommes compétents qu'il placerait à la tête des filiales les plus importantes et dont il superviserait la gestion. À tous les pressentis, il tient les mêmes propos : « Le roi m'a nommé pour faire tourner la machine, tout contrôler et maximiser les profits. » Bref, il fixe d'emblée les règles du jeu : « Je suis le patron et j'ai la confiance du roi. » Le pouvoir financier et politique marocain a depuis toujours l'habitude de graviter et de plier devant les ordres émanant des conseillers investis de l'autorité royale.

Pourtant, le choix opéré par Oudghiri va se révéler peu judicieux. Le banquier, alors âgé de 44 ans, conscient de sa valeur et formé, comme il se plaît à le dire, à « l'école de la République », méconnaît totalement les codes et les mœurs du Makhzen, et encore plus ceux de la Cour. L'homme est certes loin d'être un naïf, mais il ne sait pas encore qu'il avance en terrain miné.

L'encre de son contrat est à peine séchée que Mounir Majidi lui demande de venir à Marrakech pour rencontrer le souverain. Il attendra en vain. Majidi lui téléphone, embarrassé : « Désolé, Sa Majesté n'a pas eu le temps. » Le roi est un homme solitaire, versatile, qui n'aime au fond que la compagnie de ses anciens amis du Collège royal devenus ses conseillers, sans compter celle de quelques personnalités aux trajectoires plus ou moins improbables. Ce premier cercle, qui gravite autour de lui, constitue une forme d'écran, de cocon, le protégeant de la réalité. Au-delà, le monde ne semble présenter pour lui que peu d'intérêt. Et Oudghiri appartient à ce monde-là.

Il dégagera des profits records à la tête de la banque royale, mais jamais il ne sera reçu par le souverain. Il est vrai que le filtre constitué par le premier cercle fonctionne dans les deux sens : il protège le roi, mais permet également aux proches conseillers d'écarter tout intrus qui chercherait à se rapprocher du souverain.

Khalid Oudghiri découvre peu à peu ce monde en trompe-l'œil : « Je pensais diriger une banque privée, je n'avais pas compris qu'en fait tout dépendait de la volonté royale[1]. » Il confie que lorsqu'il entre en fonction, au début de l'année 2003, il est surpris par l'absence de projets précis émanant d'Hassan Bouhemou et de Mounir Majidi. Les compères semblaient encore en panne d'idées.

Faveurs et disgrâces royales

En novembre 2003, alors que les Marocains fêtent la fin du ramadan, une véritable bombe secoue les marchés financiers, mais aussi les responsables économiques et politiques du pays. La BCM, sous la direction d'Oudghiri, fusionne avec la Wafabank, propriété de la riche famille Kettani. Les négociations ont eu lieu dans le plus grand secret, et le propre P-DG de Wafabank n'est informé que quelques minutes avant la signature de l'accord. Les transactions ont été menées avec Saâd Kettani, l'aîné des héritiers du fondateur. Un choix judicieux. L'homme est davantage un hédoniste qu'un

---

1. Entretien avec l'un des auteurs, Paris, novembre 2011.

homme d'affaires. L'accord conclu, à un prix que l'on dit inférieur à la valeur réelle de la banque, permet à Mohammed VI de mettre la main sur le futur premier établissement financier du pays. Un moyen imparable de contrôler de fait l'économie du Maroc.

Certaines faveurs dispensées par le roi, tout comme les disgrâces dont il frappe certains, méritent d'être mentionnées ici tant elles montrent à quel point la vie des affaires est ponctuée de ces interventions.

Saâd Kettani, qui a donc négocié de façon fort satisfaisante pour le roi la vente de l'établissement familial, sera bientôt nommé, avec une dotation budgétaire conséquente, président délégué du comité national chargé de plaider la candidature du Maroc pour la Coupe du monde de football 2010. Et peu importe que le pays ne possède ni les infrastructures routières ni les stades permettant d'accueillir une telle compétition : le roi a été convaincu par son entourage que son royaume avait toutes ses chances.

Les voyages luxueux des délégations marocaines, prétextes à défendre la candidature de leur pays, s'achèveront sur un fiasco humiliant. Peu importe. Kettani rebondira en devenant haut commissaire chargé d'organiser les festivités pour les 1 200 ans de la ville de Fès, avec, cette fois encore, un budget important à la clé.

Il sillonne donc le monde, distribue sans compter des liasses de billets à son entourage. Très à l'aise avec les fonds publics, il lui arrivera même de perdre une petite mallette contenant des milliers d'euros. Il ne fera aucun effort pour la retrouver, déclarant, amusé : « *Lhbar ou Ibaroud man dar Makhzen.* » Ce qui peut se traduire par : « C'est aux frais de la princesse. »

Les caprices de Saâd Kettani sont en réalité la réplique de ceux du roi. À la tête du Comité d'organisation des 1 200 ans de Fès, il remplace bientôt Ahmed Benseddik, victime innocente de la colère royale. Ce centralien était directeur général d'une des filiales de la Caisse de dépôt et de gestion (CDG), chargée de la société thermo-médicale de Moulay Yacoub. Son destin a basculé le jour où le roi est venu visiter cette station thermale située à proximité de Fès. À l'issue de la visite du souverain, il s'approche en effet de lui pour lui demander d'intervenir afin de mettre un terme à un certain nombre de dysfonctionnements. Il lui explique notamment que le médecin traitant ne dispose pas d'autorisation légale pour exercer et qu'un rapport, non suivi d'effets, mentionne que le bâtiment principal, mal aménagé, menace de s'effondrer en faisant d'inévitables victimes, quand plusieurs milliers de personnes y passent chaque jour.

Mohammed VI, d'abord surpris, écoute ses propos avec attention, et Benseddik, tout à sa joie, sort de sa poche le magazine de l'École centrale pour exhiber sous ses yeux la photo d'un jeune centralien franco-marocain qui a escaladé l'Everest pour planter en son sommet un drapeau marocain. Le roi le remercie, s'empare du magazine, et tandis que le cortège s'éloigne, Benseddik, le cœur enfiévré, s'émerveille de l'écoute du souverain.

Quelques jours plus tard, il recevra une lettre l'informant de son licenciement immédiat, sans indemnités, « pour avoir harcelé le roi et manqué de respect aux plus hautes autorités du pays ».

Benseddik, un fervent royaliste, issu d'une famille de résistants à l'occupation française, est anéanti. Il découvre l'arbitraire royal et verra bientôt toutes les portes se fermer devant lui. Après un long moment de découragement, il aura l'idée d'organiser des manifestations pour fêter les douze siècles de la fondation de Fès, qui symbolisent la pérennité de la monarchie marocaine. Il s'enhardit alors, frappe à la porte d'un conseiller du roi, qui l'écoute et en parle bientôt à Mohammed VI, lui expliquant que Benseddik est à l'origine de l'idée. Le souverain a manifestement oublié l'épisode malheureux, et plus encore le nom de sa victime : il donne l'ordre de l'installer à la tête du comité. Benseddik rayonne en apprenant la nouvelle, se croit réhabilité et voyage pour promouvoir son projet. Décidément, pense-t-il, l'apanage d'un grand souverain est de savoir témoigner de sa bienveillance après avoir fait preuve d'arbitraire.

Ahmed Benseddik-le-candide ignore ce qui se trame en coulisses. Mounir Majidi, le secrétaire particulier du souverain, qui s'efforce d'être informé de toutes les nominations, a découvert que Benseddik n'est autre que cet exilé de l'intérieur remis en selle par accident. Il en informe le roi, et le sort de Benseddik est aussitôt scellé. C'est ainsi que Saâd Kettani, qui n'a plus de poste depuis le fiasco du Mondial de football, va avantageusement le remplacer.

Pour Benseddik, brutalement évincé, c'est l'effondrement. Il multiplie les lettres au Palais, mais ne recevra jamais aucune réponse ; il frappe à des portes qui ne s'ouvriront plus. Il n'a plus ni argent ni amis, et sombre dans la dépression. Mais, au cours de sa longue quête pour obtenir justice, il recueillera quelques confidences qui illustrent le silence et l'arbitraire qui entourent l'octroi des privilèges et les mécanismes de corruption.

Ainsi, Abdeslam Aboudrar, président de l'Instance

centrale de prévention de la corruption, lui avouera que le cabinet royal lui avait demandé de ne pas ouvrir le dossier de la station thermale de Moulay Yacoub. Il recevra également la confidence de Brahim Frej, l'ancien chambellan d'Hassan II, toujours en poste auprès de Mohammed VI, qui lui apprendra que la nomination de Kettani, pour le remplacer, découlait de la « docilité dont il avait fait preuve lors de la vente de Wafabank au holding royal ».

Quoi qu'il en soit, Benseddik, désespéré, va accomplir un geste qu'aucun Marocain avant lui n'avait osé : dans une lettre adressée au roi, en juillet 2011[1], il lui fait part de sa douleur aujourd'hui à son paroxysme et ajoute : « Vous avez été terriblement injuste à mon égard et m'avez fait beaucoup de tort. J'ai le regret de vous informer que, pour ma part, j'ai décidé de rompre toute relation d'allégeance vis-à-vis de vous. » En rompant ce lien d'obéissance, au fondement du pouvoir monarchique, Benseddik vient d'ouvrir une minuscule brèche. Mais comme toute voie d'eau, elle pourrait bien menacer de s'agrandir rapidement.

Toute tête qui dépasse est bonne à couper

Ces épisodes visent à mieux faire comprendre le contexte d'intrigues et de courtisanerie dans lequel s'ébauche la stratégie royale de prédation. Il faut noter, par ailleurs, que les circonstances de la fusion entre

---

1. « Ahmed Bensedikk à Mohammed VI : j'ai décidé de rompre toute relation d'allégeance vis-à-vis de vous », www.lakome.com, 26 juillet 2011.

les deux banques, BCM et Wafa, ont fait l'objet de points de vue divergents. Ainsi, Mounir Majidi et Hassan Bouhemou prétendent qu'ils ont initié toute l'affaire à partir du holding royal Siger, que Khalid Oudghiri fut tenu à l'écart. « Totalement faux », rétorque ce dernier, qui égrène une chronologie et des détails plutôt convaincants. « C'est la prétendue vérité qu'ils répandent aujourd'hui pour convaincre du bien-fondé de leur stratégie. » Pour Oudghiri, installé dans un bureau situé à deux pas de l'Arc de triomphe, à Paris, c'est à une réécriture totale de l'histoire que se livrent Majidi et Bouhemou. « Quand j'ai engagé les négociations pour parvenir à une fusion, ils n'y croyaient pas. Ils m'ont laissé faire, sceptiques, en me disant à propos de Kettani, avec lequel je discutais : "Il va te mener en bateau." Mon objectif était de faire du nouvel ensemble le champion national de la banque et de la finance. J'ai instauré une véritable dynamique de croissance à l'international. Je rachète la CBAO, au Sénégal, la Banque du Sud, en Tunisie, et je négocie avec le Crédit agricole pour racheter ses filiales sur le continent africain. »

Le succès d'Oudghiri n'aura pas fait que des heureux. Au nom du principe : « Toute tête qui dépasse est condamnée à être coupée un jour », Majidi et Bouhemou attendent leur heure, laissent le banquier installer son Meccano. La nouvelle entité issue de la fusion se nomme Attijariwafabank, on l'a dit. Ce géant financier, qui va devenir la véritable tour de contrôle de l'économie marocaine, joue, au cœur du dispositif économique royal, le rôle d'une formidable pompe destinée à permettre au système de disposer de liquidités accrues.

Toute prétention à observer d'un peu trop près les

détails de cette fusion et ses conséquences est interdite. Abdeslam Aboudrar, à la tête de l'Instance centrale de lutte contre la corruption, nous confiera pourtant : « Cette opération relève de l'économie de la prédation, avec de gros conflits à la clé. » Seul problème : les propos d'Aboudrar n'ont aucune portée. Il se trouve à la tête d'une de ces nombreuses coquilles vides, dépourvues de tout pouvoir, créées par Mohammed VI pour donner l'illusion du changement. C'est également le cas du Conseil de la concurrence, chargé de se prononcer sur les pratiques anticoncurrentielles, mais qui ne se réunit pratiquement jamais en raison des querelles intestines qui le traversent.

Attijariwafabank est devenue de loin la plus profitable de toutes les filiales de l'ONA. En 2005, la banque dégage un bénéfice de 1 milliard de dirhams, de 2 milliards l'année suivante. Parallèlement, Khalid Oudghiri gagne en confiance et commet une première imprudence, selon les codes en vigueur de la Cour. Il critique la stratégie d'affrontement à l'égard des groupes français développée par Mounir Majidi et Hassan Bouhemou. Bien introduit parmi les dirigeants du monde des affaires français, il fait part de leur incompréhension et de leur inquiétude. Une position inacceptable aux yeux des deux stratèges de la famille royale...

Travailler à la chute d'un homme, l'abattre en le discréditant est un travail minutieux qui exige du temps et de la patience. Majidi et Bouhemou en sont dotés. Bouhemou dicte souvent à Majidi ce qu'il faut murmurer à l'oreille du roi. L'idée du complot antifrançais, qu'ils échafaudent tous les deux, s'enrichit avec Oudghiri d'un nouvel élément. Le banquier, qui possède, on l'a dit, la double nationalité et entretient des relations étroites à Paris, est « un homme des Français » idéal, la tête de pont rêvée du capitalisme hexagonal... qui n'en demande alors pas tant.

L'épithète est infamante, mais la réaction du roi manque de clarté. Or, à défaut d'une réponse nette du souverain, le courtisan doit déceler dans ses gestes ou dans son regard ce qui pourra passer pour un acquiescement.

Mounir Majidi est rompu à cet exercice, même si, à deux reprises au moins, la colère du souverain s'est abattue physiquement sur lui. Devant témoins, Mohammed VI a ainsi roué de coups son secrétaire. L'exaspération du roi, les injures qui retentissent à travers les salles du palais alternent avec les phases de bienveillance à son endroit. À ses proches, il loue les qualités de Majidi en leur disant : « Il sait faire de l'argent. » Ce qui semble être la vertu suprême aux yeux du vingt-troisième souverain de la dynastie alaouite.

« Reprends-le, je ne veux pas garder ce document ! »

En mars 2006, Majidi et Bouhemou jugent que le fruit Oudghiri est suffisamment mûr pour le faire tomber. Ils ont expliqué peu auparavant à Mohammed VI que la bonne santé de la banque permettait désormais de changer sans risque son responsable. La veille du conseil d'administration, Oudghiri reçoit un appel de Bouhemou l'informant que l'on a modifié l'organisation de la banque en créant un conseil de surveillance dont il deviendra le président. Une fonction purement honorifique qui doit permettre... sa mise à l'écart.

Oudghiri confie : « Je n'étais pas dupe, mais je lui ai répondu : "Très bien. Je l'annoncerai moi-même au Conseil." » Le lendemain, je présente le bilan de fusion réussie, le projet de développement à l'international et celui de l'octroi d'une licence bancaire en France. Au terme de mon exposé, j'annonce : "J'ai décidé de prendre du recul." »

En fait, Oudghiri sait que la création du nouveau poste exige une modification des statuts de la banque, qui passe par la convocation d'une assemblée générale. Il temporise, fait traîner les choses, et au bout de trois mois ses adversaires abandonnent leur exigence. « Mais, précise-t-il, je savais que c'était la fin. J'échappais complètement à leur contrôle. » Il se sait condamné mais, en apparence, Majidi, Bouhemou et lui-même tiennent le même discours sur la nécessité de créer, dans le domaine économique et financier, des « champions nationaux » adaptés à la compétition mondiale.

En réalité, les mêmes mots sont au service de deux visions totalement antagonistes. Oudghiri envisage une réorganisation complexe qui, tout en favorisant l'émergence de pôles de croissance, s'accompagnerait du retrait du roi et de sa famille du sein de l'économie de son pays. Notamment pour éviter la confusion des genres et les tensions politiques, estime-t-il. Pour Majidi, au contraire, la défense des champions nationaux est un slogan qui doit permettre de dissimuler à l'opinion la prise de contrôle économique et financière du pays par le roi.

En septembre 2006, Khalid Oudghiri pénètre dans les luxueux bureaux de Majidi, au sein du holding royal Siger. Il remet au secrétaire particulier du souverain une étude argumentée qui détaille les mécanismes de désengagement du roi et de sa famille de l'économie marocaine. La démarche d'Oudghiri, totalement suicidaire, équivaut à suggérer à un obèse de cesser de se nourrir. « À la lecture, se souvient-il, Majidi est devenu littéralement livide. Après avoir terminé, il m'a tendu le texte en déclarant : "Reprends-le, je ne veux pas garder ce document !" En constatant sa réaction, j'ai vraiment compris, conclut-il, que leur objectif était de prendre le contrôle de toute l'économie du pays, et ils y sont parvenus aujourd'hui. »

Pour Majidi et Bouhemou, Attijariwafabank n'est pas seulement une source de bénéfices, il s'agit aussi d'un instrument de pouvoir considérable. Aucun projet d'envergure ne peut être financé sans la première banque du pays. De même, il suffit de refuser ou de couper des lignes de crédit pour exercer un véritable droit de vie ou de mort sur des entrepreneurs – ou même des particuliers. Une entreprise que l'on veut faire basculer dans l'escarcelle du roi se verra brusquement privée de financement et condamnée à une inexorable asphyxie. En revanche, les courtisans, les obligés, bénéficieront de crédits injustifiés.

C'est ainsi que Majidi perçoit et comprend l'activité financière. Mais la mise en place de cette stratégie exige le départ d'Oudghiri.

De même, le contrôle de la Banque centrale permet également de refuser l'octroi de licences aux banques étrangères et de filtrer soigneusement leur présence dans le pays. Une manière efficace d'empêcher toute concurrence étrangère. Les entreprises appartenant aux holdings royaux s'épanouissent dans une situation de quasi-monopole absolu, sans être soumises à la moindre concurrence. Et si l'on décide, à l'occasion, de s'allier avec des partenaires étrangers, tel Sonasid avec Arcelor Mittal, c'est pour bénéficier de leur savoir-faire et de leur expertise. Bref, le pouvoir du roi dans le champ économique et financier s'efforce d'être aussi absolutiste que dans le domaine politique. Le souverain marocain doit toujours être en situation d'étendre le champ de ses conquêtes, mais il ne doit rien avoir à partager. Exactement comme les droits et privilèges innombrables qui s'attachent à sa fonction et qui sont aussi étendus que ses devoirs sont flous et imprécis.

Au premier trimestre 2007, les bénéfices d'Attijariwafabank excédaient déjà les 700 millions de dirhams. Un record qui ne sera pourtant d'aucune aide à Khalid Oudghiri. En mai 2007, il est écarté de la présidence de la banque. Une nouvelle qu'il accueille sans surprise, tant il savait que ses jours étaient comptés. « Nous ne nous entendons plus, alors quittons-nous », lui aurait dit Majidi. Mais cette décision s'accompagne d'un geste inhabituel : il octroie à Oudghiri une indemnité de départ de 2,3 millions d'euros, dont le montant est réparti entre trois banques françaises. Probablement pour que la transaction reste ignorée au Maroc.

Il est aisé de comprendre pourquoi. Travailler pour le roi signifie que l'on court le risque, à tout instant, d'être révoqué. Mais jamais vous ne serez licencié avec indemnités. L'objectif est clair : il ne s'agit pas seulement d'un châtiment économique, mais d'une mécanique savamment élaborée pour distiller l'humiliation. Vos amis s'éloignent, votre famille est montrée du doigt, votre autorité et votre prestige se sont évanouis. Les mois passant, vous êtes prêt à subir toutes les humiliations pour ne plus avoir à subir celles qui vous sont infligées. Et, après avoir vainement attendu un retour en grâce, vous êtes prêt à aller supplier ceux qui furent vos proches pour leur demander d'intercéder auprès du souverain. Mais vous n'obtiendrez d'eux que de vagues promesses, et l'enceinte du Palais, la proximité du roi vous seront à jamais inaccessibles, ce qui laisse inconsolables ceux qui en ont été écartés.

L'indemnité octroyée à Oudghiri est donc sans précédent et s'explique probablement par la générosité du secrétaire particulier de Mohammed VI. L'information était remontée jusqu'au roi, et celui-ci avait piqué une violente colère à l'encontre d'un secrétaire qui avait si stupidement contrevenu à toutes les règles en vigueur.

Les ennuis judiciaires d'Oudghiri n'ont pas encore commencé, mais il est intéressant d'observer que sa future condamnation prévoit le remboursement d'une somme dont le montant correspond exactement à l'indemnité de départ reçue.

Un roi proche de ses sous

Le roi est un homme assez pingre, et il ne supporte pas que la moindre somme d'argent, fût-elle modeste au regard de ses dépenses et de la fortune royale, soit soustraite au profit d'un homme tombé en disgrâce. Ce serait en outre absolument contraire à toutes les méthodes de bonne gouvernance des hommes appliquées par le souverain marocain.

À ce premier camouflet infligé, de fait, au monarque s'en ajoute rapidement un second. Écarté par le roi du Maroc, Oudghiri se voit confier six mois plus tard, en mars 2008 exactement, la direction d'une des plus grandes banques d'Arabie Saoudite. La monarchie du Golfe semble narguer celle du Maroc et vouloir implicitement bafouer son autorité.

Peu après son entrée en fonction à la tête de la banque saoudienne, Oudghiri fait l'objet d'une plainte, déposée le 1er août 2008, pour corruption. La procédure survient quatre années après les faits présumés, et deux ans après qu'il eut quitté le Maroc. Elle émane d'un homme d'affaires, Abdelkrim Boufettas, dont l'un des oncles, ancien ministre, dirige le golf de Dar Essalam, à proximité d'une des résidences du roi.

Une affaire bien étrange, où aucun des protagonistes ne va jouer le rôle qu'on souhaiterait lui voir tenir. La plainte est transmise le jour même de sa déposition au parquet, et une requête est déposée le 5 août exactement. Une rapidité stupéfiante pour une plainte dénuée de preuves et déposée quatre ans après les faits.

Lorsqu'il avait pris la direction d'Attijariwafabank, Oudghiri avait été informé du dossier précontentieux de Boufettass, qui devait 175 millions de dirhams (17,5 millions d'euros) à la banque et n'avait toujours pas remboursé. Il disposait d'un terrain à Marrakech, donné en garantie, et une procédure de vente aux enchères, par la banque, était déjà en cours. Boufettass négocia alors le report de la vente du terrain prévue pour le 16 mars 2004. En échange, il s'engagea à payer immédiatement 45 millions de dirhams (4,5 millions d'euros) à l'établissement bancaire. Oudghiri accepta d'accorder un délai pour le règlement du solde, à défaut de quoi le terrain serait bel et bien vendu par la banque. L'opération se déroula sans encombre. La veille du jour où devait avoir lieu la vente aux enchères, le responsable du contentieux à la banque rencontra le notaire de Boufettass. Maître Hajri signa avec lui un protocole au terme duquel le notaire s'engageait à remettre les 45 millions de dirhams prévus, en échange du report des enchères. Nous étions en mai 2004, et le différend semblait réglé. D'ailleurs, le dossier fut considéré comme clos en 2005 par la banque.

Dans sa plainte déposée trois ans plus tard, en août 2008, Abdelkrim Boufettass affirme qu'Oudghiri aurait réclamé et reçu 13 millions de dirhams (1,3 million d'euros) pour le report de cette vente aux enchères. Le plaignant dispose de l'appui d'un avocat influent, Mohamed Naciri, le propre avocat du Palais… nommé deux ans plus tard ministre de la Justice. Bien qu'à la tête de son ministère, Naciri restera l'avocat de l'accusation et ses collaborateurs interviendront lors du procès. Une confusion des genres qui illustre à quel point la volonté royale n'a que faire de l'indépendance de la justice. Quoi qu'il en soit, ce procès, fruit d'une vengeance personnelle, tournera à la farce tragique.

Après le dépôt de sa plainte, Abdelkrim Boufettass téléphone à son notaire, qui est aussi son ami, Mohamed Hajri, en vacances à Marbella : « Inutile que tu rentres, lui dit-il, l'affaire est suivie au Palais. » Le notaire, intrigué, ignore à cet instant tous les détails et le rôle central qui lui est attribué. En effet, Boufettass affirme que c'est le notaire qui aurait prélevé les 13 millions de dirhams pour les remettre à Oudghiri. Lorsqu'il rentre au Maroc, le notaire découvre que son étude a été perquisitionnée. Une procédure illégale qui, dans un État de droit, aurait entraîné la nullité de la procédure. Tous ses dossiers ont été confisqués par la police mais, devant le juge qui l'entendra comme témoin, il réfutera toutes les allégations de Boufettass.

Interrogé plus tard par le tribunal, Boufettass reconnaîtra d'ailleurs qu'il ne pouvait produire aucune preuve de ce qu'il avançait, allant même jusqu'à avouer qu'il était difficile d'évaluer le montant de la corruption. Un autre témoin déclarera à l'audience que Boufettass lui avait confié qu'« il avait été poussé à porter plainte et que tout cela ne venait pas de lui ».

La stratégie du garrot

Dans cette affaire cousue de fil blanc, l'instruction ne reposait pas sur un examen rigoureux des faits mais sur la nécessité pour la justice de l'instruire à charge. Comme l'avait confié Boufettass, « l'affaire [était] suivie au Palais »… Et il disposait, pour la traiter, d'un serviteur zélé en la personne du juge Jamal Serhane.

La réputation de ce magistrat est connue à travers tout le Maroc. Le Palais lui confie la plupart des affaires délicates, et son zèle le conduit souvent à troquer ses habits de juge contre ceux de procureur. Ainsi, lorsque le juge français Patrick Ramaël, travaillant sur de nouveaux éléments dans l'affaire Ben Barka, lui demanda de bien vouloir l'autoriser à auditionner le tout-puissant patron de la gendarmerie, le général Hosni Benslimane, l'un des piliers du régime, le magistrat répondit qu'il ne connaissait pas son adresse… Le juge Serhane est l'homme des équations simples : un homme = un dossier = un coupable.

En novembre 2008, le notaire et Oudghiri sont mis en examen sans en connaître les motifs. Tous les responsables de la banque, notamment l'actuel P-DG, susceptibles d'apporter un éclairage favorable aux accusés sur la réalité des transactions ont été écartés comme témoins par le juge. Khalid Oudghiri n'a d'ailleurs jamais fait l'objet de la moindre convocation. Tout indique que le seul objectif du juge d'instruction est manifestement de parvenir à donner un semblant de cohérence à une affaire montée de toutes pièces.

Parallèlement, c'est une véritable stratégie du garrot qui est appliquée à l'encontre du banquier installé en Arabie Saoudite. Il reçoit des lettres anonymes, les mails de ses actionnaires sont inondés de textes diffamatoires.

Le gouverneur de la Banque centrale du Maroc appelle alors son homologue saoudien pour lui dire :

– Vous devriez cesser d'employer ce type, nous avons des dossiers accablants.

– Faites-les-moi parvenir, lui répond le Saoudien.

– Oh non, je voulais juste vous prévenir oralement, répond prudemment le responsable marocain.

« Durant cette période, raconte Oudghiri, je me suis rendu en pèlerinage à La Mecque avec ma femme et, sur la route du retour, nous nous sommes arrêtés dans un restaurant en bord d'autoroute. Là, j'ai été abordé par un célèbre chanteur marocain, qui m'embrasse et revient bientôt accompagné de l'oncle de Boufettass, mon accusateur, qui me dit : "C'est une bien triste histoire, mon neveu a été arrêté, et c'est alors qu'on a exercé des pressions pour le forcer à vous accuser[1]." »

En juin 2009, l'avocat français de Khalid Oudghiri, Pierre Haïk, adresse une lettre au juge Serhane pour lui

---

1. Entretien avec l'un des auteurs, Paris, novembre 2011.

demander un rendez-vous. L'enveloppe lui reviendra ouverte, accompagnée de la mention « refusée par le juge ».

Puis c'est au tour de Mounir Majidi d'intervenir. Il appelle le secrétaire particulier du souverain saoudien pour lui indiquer que Mohammed VI souhaite le renvoi immédiat d'Oudghiri. Une première démarche non suivie d'effets. Quelques semaines plus tard, Majidi revient à la charge et tient des propos stupéfiants : « Mon roi, lui dit-il, va appeler ton roi pour obtenir ce qu'il exige ! »

La pression qui s'exerce sur les employeurs d'Oudghiri est désormais trop forte. Il quitte ses fonctions, puis l'Arabie Saoudite en juillet 2009. Rentré en France, il prend pour avocat Mohamed Teber, un ancien compagnon de lutte de Mehdi Ben Barka. « Je me suis renseigné, lui dit-il, j'ai pu voir votre dossier chez le confrère qui défend le notaire, il n'y a rien dedans. » Et d'ajouter : « Ils ont fait cela exprès, c'est une affaire politique, et une affaire politique ne se plaide pas mais se négocie. »

« Je me rappelle précisément, raconte aujourd'hui Oudghiri[1]. L'audience devait s'ouvrir le mardi, et le dimanche précédent, mon avocat m'appelle :

– Je vous vois à Paris, mardi.

– Mais vous ne serez pas à l'audience ?

– Il y a du nouveau, c'est grave.

Il arrive et m'annonce :

– Vous allez être condamné à une lourde peine de prison pour complicité de corruption, en tant que complice du notaire. Il est inutile pour vous de rentrer.

Je suis abasourdi.

---

1. Entretien avec l'un des auteurs, Paris, novembre 2011.

– Que peut-on faire ? »

Il développe alors une métaphore sur le combat inégal du loup et de l'agneau, tout ceci pour m'annoncer qu'il ne peut plus rien pour moi et qu'il se retire. L'ombre du Palais fait peur. Il a reçu un appel de Majidi, qui l'a averti : "Si vous défendez Oudghiri, vous êtes contre Sa Majesté[1]." »

Le juge rend son ordonnance en décembre 2009, mais il faudra attendre la publication du jugement, en juillet 2010, pour connaître l'ampleur des peines. Le notaire, condamné à dix ans de prison, est arrêté sur-le-champ pour « faux en écritures publiques et escroquerie ». Oudghiri, lui, est condamné par contumace à quinze ans de prison. Les deux accusés sont condamnés solidairement à payer 35 millions de dirhams (3,5 millions d'euros).

Un procès au déroulement étrange où l'accusateur, Abdelkrim Boufettass, qui s'est pourtant autoproclamé « corrupteur » d'Oudghiri, est entendu comme simple témoin, puis admis comme partie civile. Auprès de lui, Mohamed Naciri, avocat du roi et ministre de la Justice. L'accusation de corruption a été abandonnée pour être requalifiée en « faux en écritures publiques et escroquerie », un crime passible de la réclusion à perpétuité. Le notaire, dans les attendus du jugement, est arbitrairement assimilé à un fonctionnaire et Oudghiri considéré comme son complice… Tous ses biens au Maroc seront saisis et ce jugement sera aggravé par la cour d'appel, en février 2011.

Le notaire, clairement innocent de ce dont on l'accuse, continue de croupir en prison à Casablanca tandis que

1. *Ibid.*

la peine d'Oudghiri a été portée à vingt ans. L'objectif poursuivi est simple : transformer sa vie en enfer, et lui en un véritable pestiféré. La justice marocaine s'est une fois encore montrée sous son pire visage : ceux d'une machine à broyer toujours prête à se déshonorer pour satisfaire la volonté royale.

Un proche du dossier confie : « À la lecture de l'ordonnance du juge Serhane, on se rendait compte qu'il n'existait aucune preuve, ni aucun témoignage contre Khalid Oudghiri. Tous ses comptes et ceux de sa famille avaient soigneusement été contrôlés entre 2003 et 2008, même après son départ du Maroc. Le notaire avait toujours nié avoir corrompu Oudghiri, et aucun lien n'avait pu être établi entre les deux hommes. C'est une affaire lamentable, qui démontre avant tout l'extraordinaire pyramide de servilité sur laquelle repose le pouvoir marocain[1]. »

Celui du roi bien sûr, mais également celui que s'arrogent tous ces hommes qui prétendent parler en son nom. Selon la formule si souvent utilisée, « la justice a passé, mais il s'agit avant tout d'une justice reposant sur le bon vouloir féodal et absolutiste d'un souverain aux mœurs d'un autre âge ».

---

1. Entretien avec l'un des auteurs, Paris, novembre 2011.

CHAPITRE VIII

Un braquage boursier réussi

« Anas Sefrioui, dégage ! » Les manifestants du mouvement du 20-Février, qui s'inspirent des révolutions en cours en Tunisie et en Égypte, ont ciblé une nouvelle personnalité. Ils souhaitent la voir disparaître de la scène politique et économique.

Jusqu'alors, ce privilège avait été réservé au premier cercle des proches de Mohammed VI, ces hommes considérés par l'opinion comme responsables de tous les maux dont souffre le pays, à commencer par la corruption.

L'attaque contre Anas Sefrioui, magnat marocain de la promotion immobilière et P-DG du groupe Addoha, n'est pas le fruit du hasard. Depuis l'été 2011, ce chef d'entreprise de 54 ans appartient au cercle très fermé des « milliardaires cachés », tels qu'ils ont été répertoriés par l'agence de presse américaine Bloomberg. « Nous définissons comme tel, indique l'agence, un individu dont la fortune s'élève à 1 milliard de dollars ou plus et qui n'est jamais apparu sur une liste internationale et importante de gens riches. » Avec une fortune évaluée à 2,3 milliards de dollars, correspondant à 61,74 % du capital de son cntreprise, Anas Sefrioui satisfait haut la main aux critères de sélection de Bloomberg.

L'information a fait l'effet d'une bombe dans les milieux d'affaires marocains : Anas Sefrioui est la deuxième fortune du Maroc, après celle du roi Mohammed VI ! Dans les salons cossus des villas de Casablanca, on se repaît de cette anecdote : en 2008, Anas Sefrioui a encaissé plus de dividendes que le « king » ou le « boss », comme les *golden boys* marocains aiment à appeler le roi. Soit 263 millions de dirhams contre 244 millions pour le monarque ! La prudence reste toutefois de mise quant à la validité de ces chiffres. Il se murmure qu'Anas Sefrioui, aussi terne et insipide soit-il, serait un protégé du Palais avec qui certains membres de la famille royale seraient en affaires. Pire, qu'il aurait été choisi, en raison de sa docilité, pour porter les parts de certains hommes clés du Palais dans son groupe.

Quand « monsieur Tout-le-monde » est milliardaire

Le P-DG vit mal ce battage médiatique autour de sa personne, lui qui se plaît à répéter qu'il n'est qu'un « *aabdou rabih* (serviteur de Dieu) » et un « monsieur Tout-le-monde[1] ». Si sa vie, « c'est le travail », Si'Anas, comme l'appellent avec déférence ses obligés, ne rechigne pas à vivre comme un milliardaire. Entre jet privé et luxueuses berlines, l'homme est cependant à des années-lumière de la flamboyance tape-à-l'œil de certains grands patrons marocains. C'est d'ailleurs ce qui rassure chez lui. Jusqu'à son physique passe-partout

1. Saloua Mansouri, « Anas Sefrioui : La vérité, toute la vérité », *Challenge hebdo*, 12 juillet 2008.

teinté d'une bonhomie... toute relative : une moustache de papi et de légères rondeurs de bon père de famille. Seule une certaine raideur dans le port, renforcée par un costume-cravate sombre toujours tiré à quatre épingles, rappelle que monsieur appartient à l'élite du pays.

Anas Sefrioui a vu le jour en 1957 dans une famille de neuf enfants. Issu de la bourgeoisie de la ville de Fès, qui a longtemps dominé tant économiquement que politiquement le royaume mais qui est aujourd'hui mise à mal par les élites économiques de Casablanca, « Si' Anas » a la chance d'être bien né. Dans les années 1960 et 1970, son père est administrateur de la Banque populaire de Fès et, surtout, un homme d'affaires prospère.

Les Sefrioui exploitent une mine de ghassoul, cette argile qui fait le bonheur des peaux fragiles, qu'ils exportent à l'étranger. Une assise sociale et financière qui permettra au jeune Anas de déserter les rangs de l'école dès l'âge de 17 ans. Plus tard, il vantera son parcours d'autodidacte. « Je voulais suivre mon père et tout apprendre de lui. L'école, c'est important, mais ce n'est pas là qu'on apprend l'essentiel : le bon sens, l'humilité et, surtout, le respect quoi qu'il en coûte de la parole donnée, déclarait-il dans une interview truffée de clichés et de bons sentiments accordée en 2006 à l'hebdomadaire *Jeune Afrique*[1]. Mon père appréciait mon dévouement et ma force de travail. Je passais mon temps sur les routes, entre Casablanca, Agadir et Fès, pour suivre notre exploitation minière et nos usines de production de papier d'emballage. »

---

1. Leila Saïd, « Anas Sefrioui, monsieur dix mille logements par an », *Jeune Afrique*, 31 juillet 2006.

Une fortune bâtie sur les logements sociaux

Au fil de ces voyages incessants, Anas se révèle un fin businessman et développe les affaires familiales. Dans les années 1980, le futur milliardaire se lance dans l'immobilier. Avisé, il ne choisit pas la construction, qui nécessite de lourds investissements, mais la promotion car la spéculation peut permettre d'amasser rapidement une fortune. Il débute avec une petite entreprise créée en 1988, baptisée Douja Promotion Groupe Addoha. En toute discrétion, puisqu'il devra patienter jusqu'en 1994 pour récolter les premiers fruits de son pari. Cette année-là, Hassan II, alors au faîte de sa puissance, décide, après avoir négligé le développement social de ses sujets pendant des décennies, de lancer le programme dit des deux cent mille logements sociaux. La population marocaine a explosé et les villes ploient sous le poids de l'exode rural qui grossit les bidonvilles. Un an plus tard, en 1995, Addoha inaugure son premier programme : deux mille trois cent soixante et onze logements à Aïn Sebaa, une banlieue industrielle et polluée de Casablanca où bon nombre de grandes entreprises marocaines ont leur siège social.

Anas Sefrioui a effectivement flairé le bon filon : le logement social devient un chantier prioritaire à partir du début du règne de Mohammed VI, qui en fera même un des moteurs de l'économie, avec les grands travaux d'infrastructure.

Ces constructions passent souvent par la signature, avec les pouvoirs publics, de conventions permettant aux promoteurs de bénéficier d'avantages fiscaux conséquents et d'acquérir à petit prix du foncier. « Les logements sociaux feront la fortune initiale d'Anas Sefrioui. C'est un scandale quand on sait que ce programme national est censé servir la frange la plus pauvre de la population mais assurera au passage la fortune d'une poignée de promoteurs immobiliers », déplore cette journaliste qui a longtemps travaillé sur le cas Addoha[1]. Les modestes et les pauvres sont une source inépuisable de profits. Au Maroc, la construction de logements sociaux, réalisés avec des matériaux souvent plus que médiocres, permet de dégager des marges bénéficiaires de 30 %...

Vers la fin du règne d'Hassan II, Anas Sefrioui se rapproche une première fois du Palais royal. Un témoin proche des arcanes du pouvoir se souvient que le patron d'Addoha était lié au puissant ministre de l'Intérieur et homme des basses besognes, Driss Basri. « Sefrioui était aussi en contact avec d'importants personnages de la ville de Casablanca, ajoute-t-il en précisant que ce détail a son importance. Dans le plus grand secret, ces hommes étaient actionnaires d'Addoha à hauteur de 15 %. » Un détail qui reste cependant impossible à corroborer. En tout cas, Sefrioui acquiert une certitude : évoluer dans le sillage du roi est source de profits.

Quelques mois après la mort d'Hassan II, survenue en 1999, Mohammed VI destitue Driss Basri et pourchasse les proches de l'ancien ministre de l'Intérieur, parmi lesquels les personnages de Casablanca cités plus haut, qui, selon notre témoin, « auraient été contraints de se séparer de leurs parts dans Addoha. Celles-ci auraient été transférées au Palais ». Pas plus que sur

1. Entretien avec l'un des auteurs, Paris, octobre 2011.

le point précédent il n'apporte de preuves, mais il poursuit ainsi ses « révélations » : « Anas Sefrioui a recommencé à tisser des liens avec le Palais au début de l'année 2006, notamment avec le secrétaire particulier de Mohammed VI, Mounir Majidi, affirme-t-il avant d'ajouter : D'ailleurs, le frère de Majidi est marié à une cousine d'Anas Sefrioui. » Des liens de sang qui valent de l'or.

Il faut dire qu'Anas Sefrioui a eu l'habileté, en 2003, de rendre son entreprise particulièrement attrayante grâce à ce que l'on appelle le « guichet unique ». Innovant, ce concept consiste à réunir dans le même lieu tous les services dont les acheteurs de logements sociaux, souvent analphabètes et non bancarisés, ont besoin : banques, notaires, services d'eau et d'électricité... Objectif : remplir en une journée toutes les formalités nécessaires à l'acquisition d'un logement, ce qui en temps normal prendrait plusieurs semaines, voire plusieurs mois. Addoha entame alors une période faste où son offre rencontre l'immense appétit des Marocains pour le logement neuf.

Anas Sefrioui se frotte les mains et peut déclarer dans *Jeune Afrique* en 2006 : « Nos bilans 2002-2005 affichent des résultats nets de l'ordre de 30 % du chiffre d'affaires. En 2005, nos bénéfices avoisinaient les 60 millions d'euros et nos fonds dépassaient les 150 millions d'euros[1]. »

---

1. *Ibid.*

Le plus grand délit d'initié de l'histoire du Maroc ?

En 2006, Addoha va connaître un tournant capital avec l'introduction en Bourse de 35 % de son capital. Quelques semaines plus tard, des cadres dirigeants du groupe reconnaîtront à demi-mot que c'est en réalité sous la pression de l'entourage royal qu'Addoha a ouvert son capital.

L'opération débute le 6 juillet 2006, avec la vente d'actions appartenant à Anas Sefrioui lui-même. Les prévisions financières sont au beau fixe, et l'introduction en Bourse est un succès. Quelques jours auparavant, l'hebdomadaire *TelQuel* avait annoncé que, « selon les premières estimations, la société [avait] été souscrite plus de quinze fois » ! « C'est la première fois qu'une entreprise immobilière est cotée et ça inspire confiance », justifie-t-on dans les rangs des analystes financiers et des traders, en réalité très loin du compte. « Au final, l'offre publique de vente sera souscrite dix-huit fois. La hausse de l'action a été tellement vertigineuse que, conformément à la réglementation et pour ne pas freiner le volume des échanges d'une valeur devenue très élevée, Sefrioui a divisé par deux le prix du titre tout en doublant le nombre d'actions », raconte ce journaliste.

Sefrioui peut se frotter les mains : il vient d'empocher un pactole de 2,7 milliards de dirhams (270 millions d'euros). Toutes proportions gardées, monsieur et madame Tout-le-monde ont aussi modestement profité de cette juteuse opération. « On a pu se payer un voyage à l'étranger avec mon mari. Un collègue, lui, a carrément payé l'avance de sa maison grâce à Addoha. Autour de moi, tout le monde savait pertinemment que l'action d'Addoha allait prendre beaucoup de valeur, même si nous ignorions quel en serait l'élément déclencheur », se souvient une consultante casablancaise spécialisée dans la communication financière.

Dans les mois qui suivent cette introduction en Bourse, on décèle qu'Addoha a fait manifestement d'autres heureux qui, dans l'ombre, se sont rempli les poches sans retenue ni vergogne. Il se murmure avec insistance que des fortunes se sont bâties grâce à Addoha. Un véritable braquage que banquiers, analystes financiers et traders qualifient unanimement de plus grand délit d'initié jamais orchestré au royaume du Maroc.

L'examen minutieux des variations du cours de Bourse d'Addoha révèle que tout s'est joué dans les quatre mois qui ont suivi l'ouverture du capital. Très exactement en trois étapes qui courent du 6 juillet au 10 novembre 2006, où le niveau déjà trop élevé de l'action devient « préoccupant » et « injustifié »[1].

Selon les analystes financiers, entre juillet et mi-août 2006, le titre évolue de façon raisonnable pour se hisser jusqu'à 800 dirhams (80 euros) l'action, en raison d'un « intérêt économiquement fondé[2] » pour le promoteur immobilier. Deuxième étape, on assiste à un premier emballement du marché. En cause ? La sortie d'une note de recherche de la société de Bourse d'Attijariwafabank, qui valorise Addoha à 1 050 dirhams

1. Souhaïl Nhaïli, « Action Addoha : le niveau du cours alarme les analystes », *La Vie éco*, 10 novembre 2006.
2. *Ibid.*

(105 euros). Comportement moutonnier des investisseurs et des petits actionnaires oblige, l'action atteint rapidement cette valeur jusqu'à être boostée de nouveau par une seconde note de la même filiale d'Attijariwafa, qui valorise le titre à 1 400 dirhams. Troublant, très troublant, quand on sait qu'Attijariwafabank appartient à l'ONA, l'un des holdings royaux...

Dès cet instant – l'action cote alors à 1 490 dirhams –, le groupe Addoha suspend toute communication officielle, notamment sur les acquisitions de terrains, car cette information permet toujours d'anticiper la valeur d'un groupe. La troisième étape, celle que certains ont pu qualifier de « braquage boursier », peut alors débuter. Elle se caractérise par une augmentation continue de l'action Addoha, entre rumeurs et spéculation[1]. Le 10 novembre 2006, elle culmine à 2 014 dirhams et, ce même jour, les transactions autour du titre atteignent le niveau record de 1 milliard de dirhams (100 millions d'euros). Soit les deux tiers du chiffre d'affaires de la Bourse ! Du jamais vu à Casablanca, qui s'explique par l'événement qui va se produire le lendemain.

Le 11 novembre 2006, en effet, Anas Sefrioui signe avec l'État, et en présence du souverain, une importante convention d'investissement de 11 milliards de dirhams (1,1 milliard d'euros). Elle porte sur deux projets touristiques qui n'ont donné lieu à aucun appel d'offres. Si le monarque se garde bien de signer lui-même cette convention – il laisse ces détails aux membres du gouvernement ou aux hauts fonctionnaires –, sa seule présence suffit à montrer l'importance qu'il lui accorde.

1. *Ibid.*

Concrètement, l'État vend à un prix fort compétitif des terrains que le promoteur immobilier s'engage à développer. Le premier projet, de cinquante-trois hectares, concerne le terrain du zoo de Témara, près de Rabat, le seul zoo du Maroc, promis à un avenir d'appartements et de villas de standing. Il nécessite de la part d'Addoha un investissement de 4,65 milliards de dirhams (465 millions d'euros). Le second projet, d'un coût de 6 milliards de dirhams (600 millions d'euros) pour une superficie de quatre cent cinquante hectares, porte sur la construction d'un pôle touristique, toujours à Rabat[1].

Pour beaucoup, l'explosion du cours d'Addoha et l'achat en masse d'actions ne peuvent s'expliquer que par le fait que d'aucuns étaient parfaitement informés que le roi allait privilégier le groupe par l'attribution de terrains qui lui permettraient d'augmenter son chiffre d'affaires. La valeur d'une entreprise de promotion immobilière dépend du foncier auquel elle a accès, et l'on comprend dès lors que tout pouvait être joué d'avance.

Sous couvert d'anonymat, plusieurs proches du dossier désignent l'entourage du monarque comme chef d'orchestre. Pour semer le trouble et ajouter à la confusion ambiante, Fouad Ali El Himma, l'ami du roi et ministre délégué à l'Intérieur, sous-entend (à tort) que le propre frère du monarque, Moulay Rachid, serait derrière cette affaire... Une façon de détourner les regards qui se portent alors sur Mohammed VI ?

---

1. Atika Haimoud et Adam Wade, « Immobilier : Addoha a les moyens de ses ambitions », *Aujourd'hui Le Maroc*, 17 novembre 2006.

« Je n'ai pas l'information »

Aucune preuve formelle n'existe contre le souverain et, sans surprise non plus, l'identité des principaux nouveaux actionnaires du groupe n'est pas rendue publique. « À l'époque, j'ai remué ciel et terre pour essayer de le savoir, mais le secret était jalousement gardé », se rappelle ce journaliste[1].

Interrogé par un quotidien marocain réputé proche des autorités[2], quelques jours après la signature de la convention en présence de Mohammed VI, le directeur général du groupe Addoha, Noureddine El-Ayoubi, louvoie pour esquiver les questions gênantes : « Il y a eu effectivement beaucoup de rumeurs infondées sur l'arrivée de nouveaux investisseurs dans notre capital. [...] Nous n'avons pas de problèmes financiers, bien au contraire. Donc, l'entrée de nouveaux actionnaires dans notre capital est inopportune. »

Peu convaincant. Six ans plus tard, les noms des détenteurs du capital flottant en Bourse restent toujours un secret. « Je n'ai pas l'information », avoue Assia Warrak, la directrice de la communication de la Bourse de Casablanca. Un comble ! Sur un marché correctement régulé, ce qu'il convient d'appeler l'affaire Addoha aurait donné lieu à une enquête pour délit d'initié. Mais le Conseil déontologique des valeurs mobilières (CDVM), le gendarme de la Bourse, a préféré détourner les yeux.

---

1. Entretien avec l'un des auteurs, Paris, octobre 2011.
2. *Ibid.*

Anas Sefrioui, lui, s'est toujours fermement défendu d'un quelconque favoritisme de la part du roi. « Nous ne sommes absolument pas un groupe privilégié. Aucune personne influente ne nous soutient. [...] Nous n'avons jamais communiqué d'informations privilégiées. D'ailleurs, comment pourrait-on concevoir que ce soit le cas et donner des informations à une personne pour qu'elle s'enrichisse sur notre dos[1] ? » expliquait-il dès 2006 dans la presse marocaine.

Un patron ose pourtant protester et, dès le début de l'année 2007, prend la parole dans les médias pour dénoncer le favoritisme dont bénéficie, à ses yeux, le P-DG d'Addoha. « Tout ce qui appartient à l'État doit être vendu par appel d'offres », clame-t-il[2]. Le nom de cet insolent ? Miloud Chaabi, le tonitruant patron du holding Ynna (BTP, promotion immobilière, sidérurgie, tourisme, grande distribution...), qui réalise plus de 10 milliards de dirhams de chiffre d'affaires annuel (1 milliard d'euros). Véritable poil à gratter du patronat marocain, tout l'oppose à son éternel rival, Anas Sefrioui. Si Anas est fassi, Miloud est un blédard né dans un petit village près d'Essaouira, sur la côte atlantique. Anas est issu d'une famille bourgeoise ? À l'âge de 12 ans, Miloud Chaabi gardait des chèvres et se lance dans la maçonnerie à l'adolescence. Les deux hommes n'ont en commun que le fait d'être des autodidactes. Chaabi crée sa première entreprise en 1948 et choisit le secteur de la construction. Anas

1. *Op. cit.*
2. Hassan Hamdani et Fahd Iraqi, « Miloud Chaabi. Le berger qui a décroché la lune », *TelQuel*, n° 297, du 10 au 16 novembre 2007.

Sefrioui frayait avec Driss Basri, l'ancien grand vizir d'Hassan II, Miloud Chaabi entretient des relations tendues avec la monarchie… sans pour autant jamais franchir la ligne rouge.

Aujourd'hui Miloud Chaabi adopte un profil bas, laissant à son fils Omar le soin de refuser les interviews. Il a tout de même fait en sorte, fin 2006, qu'éclate le scandale du zoo de Témara sur lequel le groupe Addoha a mis la main en novembre 2006, en vertu de la fameuse convention d'investissement. Le directeur général du groupe, Noureddine El-Ayoubi, dans une interview accordée au quotidien *Aujourd'hui Le Maroc*[1], a d'ailleurs reconnu que ce terrain de cinquante-trois hectares a été « acheté 420 millions de dirhams, soit 820 dirhams le m^2. Il y a une ligne à haute tension qu'il faut enterrer, ce qui augmente le prix du m^2 à plus de 1 000 dirhams ». Un prix ridiculement bas : à l'époque, le m^2 valait aux alentours de 20 000 dirhams (2 000 euros)…

Lorsque, pour contrer Addoha, Miloud Chaabi a menacé de faire une offre d'achat du terrain au prix du marché, il a été souverainement ignoré par les autorités. Mais ce n'est pas le seul scandale qui entoure l'affaire du zoo : lors de la convention signée en présence du souverain alaouite, Addoha avait promis d'aménager un autre zoo. « L'État nous a engagé à réaliser un nouveau parc zoologique de cinquante hectares, suivant les standards internationaux les plus élevés. D'ailleurs, nous sommes d'ores et déjà en contact avec des experts mondiaux en la matière, pour ce projet qui sera situé à près de un kilomètre de l'actuel zoo », clamait le

---

1. *Ibid.*

directeur général d'Addoha[1]. En 2010, sous la pression de l'opinion publique qui attendait toujours son nouveau zoo, Anas Sefrioui a déboursé 420 millions de dirhams pour construire un établissement qui en coûtera au final 800 millions à l'État... Ce dernier a fini par être inauguré en janvier 2012.

Pour certains observateurs avertis du trône, l'introduction en Bourse d'Addoha, au-delà du vaste délit d'initié dont elle témoigne, marque un tournant majeur dans le système de prédation mis en place par le roi et son entourage. C'est le point de vue d'un homme du sérail qui a longuement côtoyé l'entourage de Mohammed VI. « Le véritable délit d'initié, déclare-t-il, ne consiste pas seulement à détenir une information en amont sur le cours de Bourse. Ici, la véritable manipulation d'initiés consiste à octroyer des terrains publics à bas prix en sachant que les cours vont constamment augmenter. Ils ont compris, avec Addoha, que l'on pouvait plus facilement et rapidement s'enrichir avec la finance qu'avec l'économie réelle. Un système rodé, qui aura consisté à confier à Anas Sefrioui des réserves foncières pour que la valeur boursière du titre continue de grimper[2]. » Qui sont les profiteurs de l'opération ? La question le fait sourire : « Ce sont ceux qui travaillent autour du roi et qui, au fond, témoignent des tendances dominantes de notre époque, tournée vers la spéculation, l'enrichissement effréné et la financiarisation de l'économie. » Pour ces hommes, Addoha est une révélation. Une véritable révélation.

1. *Aujourd'hui Le Maroc, op. cit.*
2. Entretien avec l'un des auteurs, Paris, décembre 2011.

CHAPITRE IX

L'État subventionne
les entreprises de Sa Majesté

La discrétion n'est pas la vertu première des hommes du roi. Surtout lorsqu'il est question de résultats financiers des filiales appartenant aux holdings royaux. Ceux-ci sont dirigés par des technocrates, pour la plupart polytechniciens ou centraliens, formés au moule républicain français mais rentrés se mettre au service de Sa Majesté. Dans ce contexte impitoyable, où la courtisanerie le dispute à l'obligation de résultat, exhiber ses performances économiques comme on montre ses muscles demeure un moyen de conserver son siège (éjectable). Le holding ONA est le premier concerné par ces mœurs.

Au moment de fusionner, en 2009, avec la SNI, ses filiales affichaient des performances à faire pâlir d'envie n'importe quel dirigeant d'entreprise : toutes étaient leaders dans leur secteur d'activité. C'était le cas de la Centrale laitière, avec une part de marché proche de 62 % sur les produits laitiers, de Lesieur Cristal dans les huiles, de Bimo, le numéro un de la biscuiterie, ou encore des enseignes de grande distribution Marjane et Acima. Certaines filiales comme Cosumar, dans l'industrie sucrière, sont, quant à elles, en situation de monopole absolu ou jouissent d'une exclusivité nationale, telle la Sopriam, distributeur au Maroc des marques Peugeot et Citroën.

Mais rendons à César ce qui appartient à César. Mohammed VI n'est pas l'instigateur du système de prédation royale, sans équivalent au Maghreb, si ce n'est en Tunisie, où le président Ben Ali et son épouse Leila Trabelsi avaient mis en coupe réglée, au bénéfice de leurs clans, des pans entiers de l'économie.

L'histoire en témoigne, c'est Hassan II qui a accouché de cette pieuvre royale qu'est devenu l'ONA. Néanmoins, hormis l'agriculture et les fermes royales qui lui tenaient à cœur, le vieux monarque ne gérait guère ses affaires de manière avisée. C'est ainsi qu'il confia, dans les années 1990, les rênes de ses entreprises agricoles, les fameux Domaines royaux, à son gendre, Khalid Benharbit, qui venait d'épouser sa fille, la princesse Lalla Hasna. Las, « monsieur gendre » était cardiologue de profession et ne connaissait rien aux campagnes. Il dirigea sans talent (mais non sans morgue) les Domaines pendant près d'une décennie.

Pour Hassan II, l'ONA, c'était d'abord le moyen d'asseoir une puissance politique qui, absolutisme monarchique oblige, s'exprimait jusque dans le champ économique. Il en va tout autrement de Mohammed VI. Dès son arrivée au pouvoir, aidé par son fidèle Mounir Majidi, le jeune roi se hâte de faire fructifier les affaires familiales qui doivent à tout prix dégager des bénéfices. Et gare aux concurrents qui oseront l'affronter sur le terrain économique. Une bataille sans merci leur sera livrée.

Une autre guerre, fratricide celle-là, agite le sérail entre 2006 et 2007. Elle oppose les deux hommes forts du Palais, le « sécuritaire » Fouad Ali El Himma, qui tire les ficelles du ministère de l'Intérieur, et le « financier » Mounir Majidi, qui gère les affaires royales. Un des épisodes de cette bataille s'est déroulé en 2006 avec, en toile de fond, la France.

Choquées par la façon dont certains groupes hexagonaux, comme Axa ou Auchan, sont bousculés par les hommes du roi, les autorités françaises se plaignent à Mohammed VI du traitement qui leur est réservé dans le royaume. Mauvais calcul : Mounir Majidi est alors à la manœuvre pour défaire les alliances nouées par certaines filiales de l'ONA avec plusieurs sociétés françaises sous Hassan II. Toutefois, en bon adepte du « diviser pour régner », Mohammed VI charge El Himma d'enquêter sur les griefs français. Flairant là une occasion de porter un coup à son rival Majidi, El Himma aurait infligé, en compagnie du patron de l'espionnage marocain, Yassine Mansouri, un interrogatoire policier en bonne et due forme au secrétaire particulier du roi[1]. Voilà à quoi sont relégués les intérêts français au milieu des années 2000 : à alimenter les jeux de la basse-cour.

Une Caisse de compensation très rentable

Mohammed VI, comme Hassan II, n'hésite pas à instrumentaliser la puissance de l'État pour servir ses intérêts personnels, tout en se présentant comme le « roi des pauvres » à son peuple ainsi qu'à la communauté internationale. Il continue notamment de détourner à

---

1. Fédoua Tounassi, « Querelles de basse-cour », *Le Journal hebdomadaire*, n° 286, du 7 au 13 mars 2009.

grande échelle – et légalement – les deniers publics, comme l'illustre le cas des subventions destinées à garantir aux Marocains l'accès à des produits de première nécessité (pétrole, gaz butane, sucre et huile).

Depuis les années 1940, le Maroc possède en effet un système de compensation géré par une Caisse éponyme, dont les réserves sont alimentées par des prélèvements fiscaux et sociaux, des avances du Trésor ou encore des amendes administratives. Avec la hausse du prix des matières premières et la croissance de la population, les sommes déboursées par la Caisse enflent à vue d'œil : 20 milliards de dirhams (2 milliards d'euros) en 2007, plus de 36 milliards (3,6 milliards d'euros) en 2008, et 45 milliards de dirhams (4,5 milliards d'euros) en 2011. Peu importe que le budget de l'État en pâtisse, il y va de la paix sociale. Et puis Mohammed VI sait parfaitement que chaque accroissement du volume de subventions… gonfle un peu plus les bénéfices de ses entreprises.

Pourtant, des solutions alternatives à la Caisse de compensation seraient envisageables. Par exemple, pour Najib Akesbi, économiste et professeur de renom à l'institut agronomique et vétérinaire Hassan II, à Rabat, « l'État pourrait distribuer un revenu aux pauvres, une sorte de RMI ». Et d'expliquer : « On estime entre 4,5 et 5 millions le nombre de pauvres au Maroc. Quand on sait qu'un ménage rassemble en moyenne près de cinq personnes, un million de ménages sont donc concernés. Si l'État leur distribuait 1 000 dirhams par mois (100 euros), cela coûterait 12 milliards de dirhams par an (1,2 milliard d'euros). Beaucoup moins que les 45 milliards actuels. Même si l'on prend en compte un autre million de ménages, relevant de la classe moyenne "vulnérable" et qui recevrait donc également une compensation sous forme de revenu direct, on voit bien qu'il resterait encore une marge confortable par rapport à ce qui est dépensé aujourd'hui de manière injuste et inefficace. Au demeurant, c'est cela que l'on peut appeler le coût de la non-réforme de la Caisse de compensation[1]. »

Hélas, on peut craindre que ces considérations financières ne se situent à des années-lumière des préoccupations de Sa Majesté et de son entourage. Si, de l'avis de plusieurs observateurs qui l'ont rencontré, Mounir Majidi vit dans un luxe inouï, l'épouse de Fouad Ali El Himma veille jalousement au respect de ses privilèges. Une anecdote à ce propos. À Paris pour quelques jours en août 2006, Mme El Himma doit bientôt rentrer au royaume à bord d'un vol commercial de la Royal Air Maroc (RAM), en compagnie de sa fille et de sa bonne. Découvrant avec stupeur que cette dernière voyagera en classe économique, l'épouse du courtisan se met en tête de corriger l'impair. Et c'est au chef de la DST marocaine auprès de l'ambassade à Paris que revient cette tâche ingrate. Mais, en dépit des menaces, la RAM refuse d'accorder ce passe-droit. Sans doute, en cette période de l'année, les avions sont-ils bondés. C'est alors l'inamovible consul général du Maroc à Paris, Abderrazak Jaidi, qui téléphone à la RAM. Sûr de son bon droit, il se prétend envoyé par Sa Majesté[2].

Si le fin mot de l'histoire ne dit pas en quelle classe

1. Entretien avec les auteurs, Rabat, septembre 2011.
2. « Une grande mission de l'ambassade du Maroc à Paris », www.bakchich.info, 11 août 2006.

la bonne de la famille El Himma a finalement voyagé, il n'en reste pas moins qu'une telle résistance demeure exceptionnelle. Et ce n'est pas le gouvernement marocain qui dira le contraire.

En 2005, celui-ci annonce avoir « cédé toutes ses participations dans quatre sociétés sucrières à la Cosumar pour un montant global de 1,367 milliard de dirhams[1] ». Et le ministre des Finances, Fathallah Oualalou, aujourd'hui maire de Rabat, de vanter cette privatisation, qui « s'inscrit dans le cadre d'un grand projet de développement de l'industrie sucrière au Maroc et marque la volonté de l'État d'insuffler une nouvelle dynamique au secteur tant au niveau agricole qu'au niveau industriel ». En revanche, le ministre se gardera bien de souligner qu'avec ces quatre sociétés rachetées par la Cosumar, donc par l'ONA, le royaume se retrouve dans une situation inédite : une privatisation n'a-t-elle pas installé une entreprise appartenant au chef de l'État en situation de monopole ?

Grands amateurs de sucre, les Marocains en consomment, bon an mal an, environ un million de tonnes, produites pour moitié localement et pour moitié importées. Depuis 1996, l'État fixe la subvention publique à 2 000 dirhams la tonne raffinée, garantissant ainsi aux ménages les plus modestes qu'ils pourront continuer à sucrer leur thé à la menthe. Comme le rappellent les professeurs Najib Akesbi, Driss Benatya et Noureddine El-Aoufi dans un ouvrage consacré à l'agriculture marocaine et publié en 2008[2], « sous le

1. AFP, 16 septembre 2005.
2. Najib Akesbi, Driss Benatya et Noureddine El-Aoufi, *L'Agriculture marocaine à l'épreuve de la libéralisation*, Rabat, Économie critique, 2008.

contrôle de Cosumar, filiale du groupe ONA, l'industrie du sucre se compose de six sucreries de brut, sept sucreries de blanc et de deux raffineries » ; or les subventions sont directement versées aux unités de production et aux importateurs de sucre raffiné sur la base des quantités vendues. Autrement dit, à Cosumar exclusivement, en fonction de ce que l'entreprise déclare. « On voit très bien le problème que cette situation pose, poursuit l'économiste Najib Akesbi. À partir du moment où Cosumar a le monopole de tout le secteur du sucre – production, transformation et distribution –, c'est forcément cette entreprise qui cogère avec l'État la Caisse de compensation pour la partie consacrée au sucre. Tout se déroule dans une totale opacité entre ces deux acteurs avec, d'un côté, une puissante filiale d'un groupe royal, et, de l'autre, une administration qui n'a ni les moyens ni, peut-être surtout, la volonté de contrôler ce que Cosumar veut bien lui déclarer en vue de l'établissement de la facture de la compensation[1]. » De là à imaginer qu'il y aurait des abus...

L'ONA décide des droits de douane sur le lait importé

Le cas de la Centrale laitière, détenue à parts égales par le groupe français Danone et par l'ONA, est lui aussi révélateur du peu de considération que le roi attache au bon fonctionnement du budget de l'État. Au Maroc, la consommation mensuelle de lait varie entre

1. Entretien avec les auteurs, Rabat, septembre 2011.

cinquante et soixante millions de litres, dont près du cinquième est importé sous forme de lait en poudre, qui sert notamment à confectionner des yaourts, la principale activité de la Centrale laitière[1].

Or le lait en poudre connaît une flambée des prix sans précédent sur les marchés internationaux. Au milieu des années 2000, son cours est passé en moyenne de 20 000 dirhams la tonne en 2005 à plus de 25 000 dirhams un an plus tard. Une situation fâcheuse pour les producteurs marocains de yaourts. En 2006, tous, la Centrale laitière en tête, font pression sur le gouvernement pour revoir à la baisse les droits de douane sur cette denrée taxée à 60 %.

L'affaire s'engage mal pour le gouvernement : les douze mille tonnes de lait en poudre alors importées chaque année lui rapportent 110 millions de dirhams, qui alimentent bien sûr le budget de l'État mais aussi le fonds spécial de développement agricole[2]. Autant dire qu'il s'agit de deniers publics utilisés à bon escient. Mais la Centrale laitière n'en a cure, préférant sauvegarder sa marge. Et la filiale de l'ONA, avec le soutien des autres opérateurs laitiers, de menacer de mettre un terme à ses importations de lait... au moment du ramadan. Impensable. Et ce qui devait arriver arriva : le gouvernement cède rapidement, prétextant l'arrivée du mois sacré pour abaisser de façon spectaculaire les droits de douane sur les importations de lait en poudre. D'un coup de baguette magique (maléfique serait plus approprié), ceux-ci chutent alors de 60 % à 35 % pour le

1. Fahd Iraqi, « Lait : ça va bouillir ! », *TelQuel*, n° 290, du 22 au 28 septembre 2007.
2. *Ibid.*

lait en poudre, et de 102 % à… 2,5 % pour le lait UHT. Autrement dit, une quasi-exonération[1].

Les sociétés privées suspectées de vouloir porter ombrage aux entreprises royales sont encore plus mal traitées que le ministère des Finances. L'entreprise saoudienne Savola en a fait l'amère expérience. Son crime ? Avoir concurrencé, avec succès, les produits de la société Lesieur, propriété de l'ONA jusqu'en 2011. Installée au Maroc en 2004, Savola partait *a priori* avec de bons atouts en poche : il se murmurait que le Palais avait même donné sa bénédiction en vertu des bonnes relations fondées sur la solidarité monarchique entre le royaume du Maroc et celui des Al-Saoud.

Un an plus tard, en 2005, les résultats de Savola dépassaient les espérances de ses propriétaires grâce au succès de l'huile Afia, quand la filiale de l'ONA accusait de son côté une chute de sa part de marché de 10 %. Inacceptable !

Tous les moyens seront bons pour abattre le Saoudien, et personne ne peut imaginer que Mohammed VI ait été maintenu dans l'ignorance de l'évolution du dossier, compte tenu de la sensibilité qu'il revêtait. C'est donc sans doute avec sa bénédiction que Lesieur saisit le Conseil de la concurrence en 2007.

Véritable coquille vide qui ne parvient même pas, le plus souvent, à se réunir pour statuer sur les affaires courantes, ce dernier fit alors preuve d'un zèle surprenant et condamna Savola à mettre fin à ses pratiques de… dumping. Un coup dur, certes, mais le coup fatal sera porté par l'ONA directement : les hypers et supermar-

---

1. *Ibid.*

chés Marjane et Acima, tous deux propriétés du holding royal, cessent du jour au lendemain d'approvisionner leurs rayons en huile Savola.

L'ONA avança un argument en or pour dissuader les circuits indépendants de distribution (épiceries…) de désobéir : on menaça de ne plus les fournir en sucre raffiné par Cosumar, ni en yaourts et packs de lait produits par la Centrale laitière.

En dépit de la résistance des Saoudiens – qui multiplièrent les actions en justice, lobbying, campagne de presse –, rien n'y fit et les produits Savola disparurent progressivement des rayons. En 2010, de guerre lasse, les Saoudiens mettront en vente la société, mais aucun repreneur ne se fera connaître. À l'ONA, la vengeance est un plat qui se mange glacial.

Colères royales et conseillers frappés

La riposte réservée à Savola est disproportionnée. Elle reste pourtant sans commune mesure avec la violence, physique celle-là, qui s'abat à l'occasion derrière les murs épais des palais que Mohammed VI possède à travers le royaume.

Le sujet est tabou, mais l'on dit que de véritables psychodrames humains s'y dérouleraient. Le roi est en effet réputé, passé un certain niveau d'énervement, pour ne plus parvenir à se maîtriser. Il frappe alors facilement à coups de pied et de poing, quand il ne se saisit pas du premier objet lui tombant sous la main.

Ces crises ont été portées sur la place publique marocaine en 2009 par le *Journal hebdomadaire*, maintes fois censuré. « Le cercle rapproché du monarque subit ses foudres. Simples sautes d'humeur anecdotiques ? Mode de gouvernance où la peur cristallise l'autorité ? » s'interrogeait le magazine en une[1]. Mais, en 2006, seules les gazettes étrangères se firent ouvertement l'écho d'une de ces colères royales. En juin de cette année-là, une séance de travail consacrée à l'ONA se tenait au palais de Rabat en présence du souverain. Mounir Majidi entamait un long exposé lorsque, sans crier gare, Mohammed VI se leva, se précipita vers son conseiller et renversa le malheureux à terre avant de le rouer de coups ! « Voilà où tu nous mènes, espèce d'incompétent, avec tes affaires véreuses[2] ! » hurla-t-il en substance.

Quelques semaines plus tard, ce fut au tour du conseiller Mohamed Moatassim, un juriste réputé alors en charge du dossier de l'autonomie du Sahara-Occidental, de faire les frais de la royale colère qui, cette fois, menaça de très mal finir, si l'on en croit le quotidien espagnol *El Mundo* dans son édition du 18 juillet 2006. On y apprend que, profondément humilié, Moatassim aurait tenté de se suicider en avalant des cachets et en se jetant dans sa piscine d'où son jardinier l'aurait sauvé *in extremis*. En cause, selon *El Mundo* : une véritable raclée administrée au palais de Rabat devant d'autres conseillers, avec en prime un royal crachat doublé d'une confiscation des clés de la voiture de fonction ! Le quotidien précise que, après avoir été soigné à Rabat et à Paris, le conseiller se vit offrir un séjour au palace parisien du Crillon, où les

---

1. Taïeb Chadi et Hicham Houdaïfa, « Les colères du roi », *Le Journal hebdomadaire*, n° 372, du 22 au 28 novembre 2009.
2. Nicolas Beau et Catherine Graciet, *op. cit.*

éclopés de Sa Majesté avaient pris l'habitude de se retaper aux frais du roi-colère…

Ces excès sont ceux d'un monarque qui, à l'image de son père, sait qu'il n'a aucun compte à rendre. Il souffle le chaud et le froid, puis ses victimes bénéficient le plus souvent de sa mansuétude.

Un traitement de faveur auquel n'ont pas eu droit les membres de la coopérative agricole Copag. Située dans la petite ville de Taroudant, où Jacques Chirac et son épouse Bernadette font de fréquents séjours, au célèbre hôtel de La Gazelle d'Or pour être précis, Copag fabrique et commercialise les produits laitiers et jus de fruits de la marque Jaouda.

Créée en 1993, cette coopérative, qui à ses débuts ne rassemblait que vingt et un agriculteurs contre douze mille cinq cents aujourd'hui, a vite connu le succès grâce à ses belles capacités d'innovation et à son sens du marketing. Ainsi, dix ans à peine après sa création, la part de marché des produits laitiers Jaouda est passée de 3 à 20 %. Du coup, Jaouda menaçait la suprématie absolue de la Centrale laitière…

En 2004, l'exaspération était à son comble à l'ONA, et le Palais entreprit de passer à l'attaque avec cet autoritarisme et ce sens de l'instrumentalisation des pouvoirs publics qui caractérisent la monarchie alaouite. Ainsi, cette année-là, une loi de finances taillée sur mesure avait prévu de mettre un terme aux avantages fiscaux dont jouissaient les nombreuses coopératives marocaines. Dans la ligne de mire des autorités, les exonérations accordées en matière de TVA et d'impôt sur les sociétés. Mais, après de nombreux débats et une levée de bouclier des coopératives, la décision fut finalement prise de ne taxer que les coopératives affichant un chiffre d'affaires supérieur au million de dirhams. Autant dire que cette loi était dirigée en particulier contre la Copag, qui remplissait haut la main cette condition.

Malgré ces tentatives, les produits Jaouda sont toujours distribués aujourd'hui et continuent de faire le bonheur de millions de Marocains. Mais de quel poids pèsent les membres de cette coopérative agricole face au premier paysan du royaume qu'est Mohammed VI ? Une situation ô combien confortable que le souverain a héritée d'Hassan II, qui l'avait lui-même héritée de son père, Mohammed V. Et c'est sans gêne qu'en 1996 Hassan II pouvait déclarer au *Figaro* : « Oui, je suis un grand propriétaire, mais j'en ai le droit. Tout est enregistré au cadastre, j'ai hérité le tout de mon père, j'ai acheté des propriétés, je distribue des salaires, je participe à l'exportation de nos produits agricoles, j'ai des fermes expérimentales dans lesquelles je dépense moi-même mon propre argent. »

Domaines royaux : « Tout est confidentiel ! »

Les terres de la monarchie marocaine sont concentrées au sein d'une structure privée jadis appelée les Domaines royaux et connue aujourd'hui sous le nom, plus anonyme, de Domaines agricoles. Et c'est là à peu près la seule chose que l'on sache officiellement sur cette mystérieuse entreprise. Même les étudiants censés rédiger un mémoire sur le sujet se voient répondre par la chargée de la communication comme par le responsable commercial qu'ici « tout est confidentiel » !

En 2008, une enquête approfondie de l'hebdomadaire marocain en langue française *TelQuel*[1] leva pourtant un coin du voile. On y apprenait notamment que les Domaines royaux réalisaient « un chiffre d'affaires estimé à 150 millions de dollars, dont les deux tiers à l'exportation, notamment des agrumes ». Mais aussi qu'avec « plus de cent soixante-dix mille tonnes de production exportées à l'étranger le groupe des Domaines se [plaçait] sur la première marche du podium des exportateurs de primeurs et d'agrumes nationaux ».

Mais le mystère demeure entier au sujet de la superficie des terres appartenant aux Domaines de Sa Majesté. Faut-il compter en dizaines de milliers ou en centaines de milliers d'hectares ? Primeurs, agrumes, élevage, pépinières, produits laitiers, apiculture, aquaculture, production d'huiles essentielles... Les activités des Domaines étant variées, on imagine que la taille des propriétés du roi est à la hauteur de cette diversité. Mais voilà : les Domaines ne reconnaissent officiellement qu'un « petit » parc de... douze mille hectares. Un chiffre qui fait sourire les experts agricoles du royaume. Avec de belles terres bien irriguées situées autour d'Agadir, de Marrakech, de Béni Mellal, de Fès, de Rabat, mais aussi dans le nord du royaume et même à côté de Dakhla, en plein Sahara-Occidental, on imagine sans peine qu'il s'agit d'une hypothèse très basse...

Aussi surprenant que cela puisse paraître pour un monarque d'un tel activisme économique, Moham-

1. Fédoua Tounassi, « Les jardins du roi », *TelQuel*, n° 350, du 6 au 12 décembre 2008.

med VI aura mis cinq ans, après son arrivée au pouvoir, pour découvrir les immenses bénéfices qu'il pouvait tirer de ses terres. Un discours prononcé le 30 juillet 2004 donne le coup d'envoi de la reprise en main de ses propriétés agricoles : « Conscient que [c'est] le monde rural [qui] souffre le plus du déficit social, nous estimons que la mise à niveau globale de notre économie passe nécessairement par une stratégie efficace [du] développement rural, à même de permettre la transformation du secteur agricole traditionnel en une agriculture moderne et productive. »

Plus qu'à une « mise à niveau du pays », c'est avant tout à une mise à niveau de ses Domaines agricoles que le monarque procède. Le gendre d'Hassan II est limogé sans ménagement et remplacé par un proche de Mounir Majidi. « Toutes les décisions importantes du groupe sont prises ou doivent être validées par le secrétaire général du roi. Le P-DG, Bouâmar Bouâmar, s'occupe, lui, des affaires courantes du groupe. Chaque exploitation est gérée par un directeur qui rend compte au P-DG, qui rend compte à Majidi », écrivait le magazine *TelQuel* en 2008. Dans ces conditions, les Domaines agricoles sont fin prêts pour entamer leur mue. On ne peut hélas en dire autant des campagnes marocaines, où le niveau de vie des agriculteurs décollera nettement moins vite que le chiffre d'affaires des Domaines...

Une liberté d'expression sinistrée

Un autre corps de métier va traverser de graves difficultés, dans un tout autre secteur, celui de la liberté d'expression. Après une période de répit en 2005 et

2006 qui, sans doute, a été marquée par le reflux des « sécuritaires » au sein du Palais, la presse libre et indépendante (qui survit tant bien que mal financièrement) va être muselée sans ménagement.

L'année 2007, au cours de laquelle des élections législatives doivent avoir lieu, débute dans l'arbitraire. Le 15 janvier, le directeur de publication de l'hebdomadaire arabophone *Nichane*, Driss Ksikes, ainsi que la journaliste Sanaa Elaji sont condamnés en première instance à trois ans de prison avec sursis et à 80 000 dirhams (8 000 euros) d'amende. Cet hebdomadaire en darija, l'arabe dialectal marocain, a par ailleurs été condamné à deux mois de suspension. La cause ? Un dossier intitulé : *Blagues : comment les Marocains rient de la religion, du sexe et de la politique.*

Trois jours plus tard, le patron du *Journal hebdomadaire*, Aboubakr Jamaï, est contraint de démissionner pour sauver la publication : avec le journaliste Fahd Iraqi, il avait été condamné en diffamation à verser à un obscur centre de recherche belge la somme faramineuse de 3 millions de dirhams (300 000 euros). La raison, cette fois, selon l'ONG Reporters sans frontières : « un dossier mettant en cause l'objectivité de l'une de ses études effectuées sur le Front Polisario, un mouvement sécessionniste du Sahara-Occidental[1] ».

Ne pouvant assumer financièrement cette amende, Jamaï aura préféré jeter l'éponge pour éviter que des huissiers ne viennent apposer des scellés sur les locaux du journal, qui pourra ainsi s'assurer un sursis de deux ans. Toujours en 2007, la répression de la presse

1. Reporters sans frontières, communiqué de presse du 18 janvier 2007.

culmine en août avec la condamnation à huit mois de prison ferme du journaliste Mostapha Hurmatallah pour avoir publié une note des services secrets marocains qui appelait à la vigilance contre les actes terroristes.

Planifiée, téléguidée par Fouad Ali El Himma, cette campagne de muselage des médias aura permis au Palais de détourner l'attention des affaires de Sa Majesté. Plusieurs articles consacrés à la façon dont les subventions publiques finançaient en fait l'ONA avaient révélé trop de scandales. Quoi qu'il en soit, les entreprises du roi avaient tendance à devenir moins rentables. Dans le secret du cabinet royal, Mounir Majidi et son stratège Hassan Bouhemou, qui avaient anticipé cette panne, planchaient déjà sur l'étape suivante : mettre la main sur des secteurs d'avenir en faisant mine de combattre la corruption.

CHAPITRE X

Caprices de roi

Au Maroc, le roi donne l'exemple. En l'occurrence, le mauvais exemple. Celui d'un enrichissement effréné et sans limite, au détriment de son pays. Et qui menace de déstabiliser la monarchie elle-même. Officiellement, la personne du roi est sacrée et aucune critique ne peut être émise à son encontre. Un dispositif habilement mis en place par Hassan II, qui égrène les privilèges exorbitants dont jouit le souverain, mais se montre beaucoup plus discret sur ses devoirs à l'endroit de son peuple. Pourtant, en théorie, le souverain peut être déposé. Hassan II l'admettait implicitement : « On a vu des cas, disait-il, où le lien d'allégeance a été récusé par les populations qui ont considéré que le roi n'avait pas défendu suffisamment la foi ou les droits de ses concitoyens, ou encore qu'il avait abandonné des parties du territoire[1]. »

En réalité, il savait très bien qu'il pouvait sans risque soulever cette hypothèse puisqu'elle demeure à coup sûr sans effet. Aucune institution ne dispose en effet du droit de déterminer si le souverain a failli à sa mission, et il n'existe pas la moindre procédure prévoyant sa desti-

1. Entretien avec l'un des auteurs, Rabat, 1993.

tution. En réalité, la bey'a, la cérémonie d'allégeance instituée par Hassan II, représente avant tout un instrument de pouvoir lui permettant d'asseoir sa légitimité et son autorité. Et son successeur a parfaitement compris que le maintien de ce lien d'allégeance lui garantit l'impunité.

Pourtant, c'est une image étrangement dévalorisée qu'il offre aujourd'hui à la jeunesse de son pays. Pour une poignée de cyniques ambitieux, la voie la plus rapide vers la richesse et les privilèges consiste à graviter autour de l'orbite royale, mais pour l'immense majorité – un jeune Marocain sur deux est au chômage – les excès du Palais et de sa Cour suscitent colère et frustration.

Solliciter des pots-de-vin

Une corruption sans entraves et le quadrillage sécuritaire du pays initié sous Hassan II, pour distiller la peur, sont les véritables ciments qui ont permis jusqu'ici au système du Makhzen de durer. Mais l'ampleur des dérives le fragilise et semble même le condamner à terme. Est-ce pour repousser l'échéance que Mohammed VI a prononcé son discours du 10 octobre 2008, à l'occasion de la nouvelle année parlementaire ?

Ce discours fut tout simplement consacré à l'« indispensable » lutte contre la corruption. « La bonne gouvernance, déclara ce jour-là le souverain, ne peut être circonscrite uniquement dans le champ juridico-institutionnel ou dans la sphère politique, car elle se déploie également et nécessairement dans l'aire économique […]. La moralisation globale constitue à Nos yeux l'un des impératifs incontournables pour la consolidation de l'État de droit dans le domaine des

affaires. Il est donc nécessaire de renforcer les mécanismes qui s'imposent pour assurer une concurrence
ouverte et préserver la liberté du marché de toutes les
formes de monopoles de fait et des pôles d'économie
de rente, et aussi pour prévenir toutes les pratiques
délictueuses. » Un discours étrange puisque, au fond,
chacun de ses mots désavoue ses actes.

Cette évolution inquiète alors fortement l'ambassade
des États-Unis, le seul véritable allié occidental du
Maroc, avec la France. Alors que les diplomates français en poste à travers le royaume ferment les yeux et
s'autocensurent, leurs homologues américains alertent
Washington. En décembre 2009, le consulat américain
de Casablanca adresse un télégramme classé « secret »,
qui sera déclassifié par Wikileaks. Ce document évoque
longuement la corruption royale dans le secteur de
l'immobilier. Il souligne que « des institutions tel le
holding de la famille royale, l'ONA, qui maintenant
gère beaucoup de développements importants, font
régulièrement pression sur des promoteurs pour qu'ils
accordent des droits préférentiels à l'ONA ».

Il ajoute ensuite que « les principales institutions
et procédures de l'État marocain sont utilisées par le
Palais pour exercer des pressions et solliciter des pots-
de-vin dans le secteur immobilier ». Selon les informa-
teurs cités par le consulat, « les principales décisions
en matière d'investissement sont en réalité prises par
trois hommes dans le royaume : Fouad Ali El Himma,
l'ancien ministre délégué à l'Intérieur [qui dirigeait à
l'époque le Parti de l'authenticité et de la modernité
(PAM)], Mounir Majidi, à la tête du secrétariat privé
du roi, et le roi lui-même. Avoir une discussion avec
quelqu'un d'autre est une perte de temps. Contrairement

à la croyance populaire, la corruption dans le secteur immobilier, durant le règne de Mohammed VI, est devenue plus et non pas moins sournoise ».

Le télégramme diplomatique évoque également l'influence et l'intérêt commercial du roi et de certains de ses conseillers dans pratiquement chaque projet immobilier d'importance. Un ancien ambassadeur américain au Maroc, qui est resté étroitement lié au Palais, s'est plaint aux diplomates de son pays de l'incroyable rapacité des proches de Mohammed VI et du monarque lui-même. « Ce phénomène sape sérieusement la bonne gouvernance que le gouvernement marocain s'efforce de promouvoir », jugeait-il.

Plus de corruption sous Mohammed VI que sous Hassan II

Ce tableau extrêmement sévère brossé par les diplomates américains se double d'un jugement de fond qui ôte toute crédibilité au discours anticorruption prononcé un an plus tôt par le roi. « Alors, écrivent-ils, que des pratiques de corruption existaient durant le règne d'Hassan II, elles sont devenues beaucoup plus institutionnalisées sous Mohammed VI. »

L'immobilier est la partie la plus visible de la prédation royale. Probablement parce que l'opinion marocaine n'ignore rien des marges bénéficiaires dépassant souvent les 30 % réalisées dans ce secteur, une garantie de profits colossaux pour les promoteurs et les membres du Palais autour desquels ils gravitent. Ce secteur offre également, plus en amont, des perspectives séduisantes. Un proche de ces opérations confie avec cynisme : « Ce qu'on ne peut pas faire avec le promoteur Addoha, on le fait avec CDG[1]. »

Cette Caisse de dépôt et de gestion (CDG), contrôlée par le roi, possède en effet une filiale immobilière, la CGI (Compagnie générale immobilière), qui amorce en 2007 l'introduction en Bourse de 20 % de son capital. La période de souscription court du 23 au 27 juillet. Le petit porteur qui devient naïvement acquéreur ignore que le processus boursier est en réalité totalement faussé. Au Maroc, on l'a vu, le délit d'initié n'est pas toujours considéré comme un délit passible d'une condamnation, mais plutôt comme un privilège qui découle, là encore, de la proximité avec le roi. En l'occurrence, une myriade de sociétés offshore, installées dans des paradis fiscaux, se sont emparées avant tout le monde de montants considérables de titres. L'abus s'exprime ici sous sa forme la plus fruste : ceux qui ont le pouvoir savent et sont en situation d'acheter les actions les premiers, réalisant ainsi une plus-value immédiate.

L'introduction en Bourse de CGI, survenant un an après celle d'Addoha, aura rapporté près de 3,5 milliards de dirhams (350 millions d'euros), un montant qui en fait la seconde plus importante introduction en Bourse du Maroc, après celle de Maroc Telecom. Le cours de l'action sera multiplié par cinq en moins de deux mois. Les hommes du Palais, Majidi et Bouhemou en tête, auront supervisé chaque détail de l'opération et en auront rendu compte au roi. Cette opération aura aussi permis, tout phénomène de corruption endémique ayant tendance à s'élargir, de communiquer ces informations privilégiées

1. Entretien avec l'un des auteurs, Rabat, septembre 2011.

à quelques proches que l'on souhaitait « récompenser ou mouiller[1] », selon les mots d'un familier du dossier.

Un établissement financier qui se croyait assuré d'impunité manifesta dans cette affaire un appétit exagéré. Le groupe Upline, créé en 1992, avait accueilli au début des années 2000 un nouvel actionnaire à hauteur de 40 %, Hamad Abdullah Rashid Al-Shamsi.

Ce citoyen des Émirats arabes unis, parfaitement inconnu de tous, serait en réalité, selon les milieux bien informés, le prête-nom et le porteur des parts d'un membre de la famille royale. Lors de l'introduction en Bourse de la CGI, les responsables d'Upline utilisèrent des fonds déposés par certains clients pour honorer les souscriptions de plusieurs entités domiciliées dans un paradis fiscal et appartenant à un Anglais[2]. Ce dernier s'engageait à revendre les actions avec une plus-value dont le montant avait été fixé à l'avance. L'opération aurait rapporté jusqu'à 240 millions de dirhams (24 millions d'euros) à Upline, mais attira l'attention du CDVM, le gendarme du marché. Un organisme pourtant réputé pour son extrême tolérance face à ce type d'excès.

Upline fut néanmoins condamné à une amende de 10 millions de dirhams (1 million d'euros), ce qui provoqua, semble-t-il, la colère de ce parent du roi. Celui-ci redoutait sans doute d'être mis en cause, et décida de se désengager. De fait, une porte de sortie royale lui fut offerte avec le rachat d'Upline par une banque publique, la Banque centrale populaire (BCP). Au terme du protocole d'accord signé entre les deux

1. Entretien avec l'un des auteurs, Paris, novembre 2011.
2. Samir Achehbar, « BCP-Upline. Un deal "royal" », *TelQuel*, n° 339, du 20 au 26 septembre 2008.

parties, le groupe Upline fut valorisé à hauteur de 750 millions de dirhams, l'accord prévoyant que la première phase de rapprochement entre les deux établissements consisterait dans le rachat des 40 % appartenant au pseudo-actionnaire émirati possiblement porteur des actions du parent du roi[1].

Un rapport de l'OCDE, rendu public en juin 2011, à Rabat, en présence du ministre marocain des Affaires économiques, dresse un bilan sévère des défaillances du royaume en matière de gouvernance économique. Il insiste notamment sur la corruption et le manque de transparence, ainsi que sur les nombreuses carences du système judiciaire. Il confirme surtout une évolution inquiétante : la bonne gouvernance politique progresse lentement, tandis que la gouvernance économique régresse rapidement sous les coups de boutoir du Palais.

Une fortune royale opaque

Les rapports entre le roi, son frère et ses sœurs ne sont pas vraiment sereins. Moulay Rachid vit souvent à l'étranger, deux de ses sœurs séjourneraient fréquemment à Paris. Frère aimable et attentionné, le prince héritier s'est mué en roi ombrageux, peu disposé à composer, fût-ce même avec sa famille. Si l'on en croit son cousin, le prince Moulay Hicham, avec qui il est en froid, Mohammed VI a été tellement écrasé, maltraité par son père qu'il en rajoute dans le respect et l'exercice de ses prérogatives. Sa prétention à l'emprise totale sur l'économie relève, selon lui, de cette logique.

1. *Ibid.*

Un désir de revanche qui serait à l'origine d'une crise majeure. Dans un système où tout ce qui a trait à la famille régnante est soigneusement occulté, il s'agit du secret le mieux gardé : douze ans après sa mort, l'héritage d'Hassan II serait encore partiellement confisqué par Mohammed VI. Le frère et les sœurs du souverain n'auraient perçu de cette fortune considérable que la part concernant les propriétés, les terrains et les biens immobiliers. Le roi aurait conservé tout le reste de l'héritage, c'est-à-dire un montant très certainement colossal. Une attitude déconcertante mais révélatrice, qui illustre une nouvelle fois le rapport stupéfiant que l'homme entretient vis-à-vis de l'argent mais aussi… de son père disparu.

Au terme de douze années de règne, Mohammed VI demeure un personnage déroutant, à la psychologie difficile à cerner, et qui semble se repaître de la domination sans partage qu'il exerce sur les autres membres de sa famille. Ainsi, sur une plage au nord du pays, lorsqu'un beau jour il croise le prince Moulay Hicham, auquel il ne parle plus depuis dix ans, il lui adresse un bras d'honneur. On dit aussi que le gouverneur de la Banque centrale du Maroc aurait entrepris toutes sortes de démarches pour que la sœur du roi, la princesse Lalla Meryem, puisse obtenir en France une couverture médicale. Le responsable de la Banque centrale l'aurait justifié par les difficultés, toutes relatives sans doute, que la princesse rencontrerait.

Pendant ce temps, le roi assouvit ses caprices. Il collectionne les voitures de luxe mais aussi les tableaux. C'est évidemment l'incontournable Mounir Majidi qui coordonne les achats auprès de toutes les grandes galeries du monde entier. L'homme chargé des acquisitions s'appelle Hassan Mansouri. Il est le protégé d'Hassan

Bouhemou, et fut l'un des fondateurs d'Upline ainsi que du magazine d'opposition *Le Journal hebdomadaire*. Placé à la tête de Primarios, la société royale qui meuble et décore les palais royaux en les facturant à l'État marocain, il satisfait avec discrétion les goûts de son souverain.

Mohammed VI manifeste une curieuse attirance pour un peintre dont l'univers est pourtant aux antipodes du sien : Marc Chagall. Ses toiles au style naïf décrivent souvent, on le sait, la vie quotidienne dans les petites communautés juives de Russie, où il naquit à la fin du XIXᵉ siècle. Chagall exerce une véritable fascination sur le roi du Maroc.

La fortune privée du roi est entourée d'une telle opacité que toutes les supputations sont possibles. Dans les années 1990, l'opposant Moumen Diouri évaluait à 10 milliards de francs les sommes détenues dans une vingtaine de banques en Suisse, en France et aux États-Unis. En janvier 2000, juste après l'arrivée de Mohammed VI sur le trône, Cheikh Yassine, le dirigeant islamiste du mouvement Justice et Spiritualité, exhortait le nouveau roi à « racheter et dépasser les crimes de son père, en rapatriant la fortune amassée par Hassan II pour alléger la dette extérieure du pays ». Le souverain fit interdire la publication de la lettre du vieux chef islamiste.

« Tu veux encore des pâtes, Majesté ? »

Nombreux sont les acteurs politiques qui ont écrit sur la solitude du pouvoir, et Hassan II confiait volontiers qu'un « roi n'a pas d'amis ». En tout cas, il ne manque pas de courtisans autour de lui. Et il est intéressant d'observer que le souverain marocain évolue aujourd'hui entre deux cercles qui ne communiquent guère l'un avec l'autre.

Le premier est composé de ses anciens condisciples au Collège royal transformés, on l'a vu, en ses plus proches collaborateurs, de ses compagnons de fête aussi. Le roi rencontre rarement les membres du gouvernement mais presque tous les jours cette poignée d'hommes qui lui doit tout. Ils exécutent ses ordres, satisfont ses caprices, essuient ses colères et ses injures. Courbés, humiliés parfois devant témoins, ils ont abdiqué toute dignité en échange d'appréciables contreparties matérielles. Tyrannisés par le roi, ils deviennent à leur tour les tyrans de ceux qui dépendent d'eux.

La proximité avec le roi au sein du Palais ne suffit pas pour appartenir au premier cercle, celui des privilégiés qui entourent le souverain. Quelques-uns de ses cousins et autres convives aux trajectoires surprenantes en sont.

C'est notamment le cas d'Abdelmoula Ratib, un ancien marchand ambulant sur les marchés parisiens et de province. L'homme a créé au Maroc un groupe textile qui exporte aujourd'hui 70 % de sa production vers l'Europe et 30 % aux États-Unis. Ce fils de mineur, qui a grandi à Béthune, est désormais à la tête de huit mille employés. Entre l'héritier du trône et l'entrepreneur qui a grandi à l'ombre des corons, la connivence est aussi intense qu'inattendue. Peu de gens savent qu'il est un ami intime du roi, et les rares personnes informées en ignorent les raisons.

Invité aux soirées que Mohammed VI organise dans son palais, Ratib est également convié sur ses lieux de vacances. Durant l'été, le roi séjourne volontiers dans le Nord, près de Tétouan, où est amarrée la goélette avec voilure à l'ancienne qu'il s'est offerte. Ratib a eu le privilège d'être reçu à bord par le roi, qui lui a fait visiter avec sa famille l'ensemble du navire, y compris sa chambre à coucher, un privilège si rare que Ratib a confié, émerveillé, à des proches : « Je suis le seul à l'avoir visitée. » Il a sans doute eu tort de s'en vanter, le roi l'aurait appris, et il serait désormais en disgrâce.

Autre personnage régulièrement présent dans les appartements royaux : Saïd Alj. Il connaît indirectement les coulisses du Palais. Son oncle était en effet le bouffon attitré d'Hassan II, après avoir été celui du roi Fahd d'Arabie Saoudite. Cet homme d'affaires discret a acquis la réputation du patron qui monte et rafle tout sur son chemin. À la tête de son holding Sanam, il contrôle un groupe agroalimentaire qui a acquis plusieurs sociétés de l'ONA.

Dernière opération en date : la Monégasque Maroc, une conserverie filiale à 100 % de l'ONA, acquisition qui lui a permis de devenir le leader mondial de la conserverie des anchois. Autre privilège accordé à Saïd Alj : l'octroi de très nombreux terrains à des prix défiant toute concurrence. Le groupe s'est plus récemment lancé dans l'immobilier, et il aurait cette fois comme actionnaire, représenté par un prête-nom, Fouad Ali El Himma, le conseiller politique du roi.

La proximité avec le monarque est évidemment source d'avantages pour ceux qui en bénéficient, privilégiés dans un océan de morosité. Un homme d'affaires décrit ainsi, face à cette mise en coupe réglée de l'économie du pays par le roi, un patronat recroquevillé, réduit à la portion congrue, pratiquant l'évasion des capitaux, achetant des appartements à Paris – et cherchant à obtenir des passeports français, canadiens ou américains. « Le Maroc, conclut-il tristement, est le seul pays au monde où riches et pauvres rêvent de partir[1]. »

L'homme d'affaires Saïd Alj, passionné de cinéma, a installé à Ouarzazate des studios, ce qui lui valut d'être décoré par le roi en 2005. Le monde du spectacle et du showbiz fascine manifestement le souverain marocain, qui est allé dîner, en une occasion au moins, au domicile parisien de Johnny Hallyday, l'une de ses idoles, vêtu d'un jean et de santiags. Un convive présent dresse un tableau cocasse de cette rencontre entre le rocker français et le roi du Maroc. « Au milieu du dîner, Johnny s'est adressé au roi en lui disant : "C'est sympa, cette soirée, dommage qu'il faille vous appeler Majesté[2] !" » Toujours à cheval sur l'étiquette, Mohammed VI lui aurait répondu : « Même ma famille doit me dire Majesté, mais vous, Johnny, vous pouvez me tutoyer. » Quelques minutes plus tard, le chanteur lui aurait demandé : « Tu veux encore des pâtes, Majesté ? »

« Oui, j'en ai le droit ! »

À l'instar de son père, c'est probablement le privilège des rois, Mohammed VI est donc un homme capricieux qui agit comme il lui plaît. Et une soirée avec Johnny Hallyday, ou en compagnie de telle ou telle vedette de la scène, est pour lui infiniment plus agréable qu'un tête-à-tête avec Jacques Chirac.

1. Entretien avec l'un des auteurs, Paris, décembre 2011.
2. Entretien avec l'un des auteurs, Paris, 2009.

Le président français, si proche d'Hassan II, s'était mis en tête de devenir un père de substitution pour le nouveau roi. Première erreur psychologique. Les conseils de Jacques Chirac ennuyaient le plus souvent, agaçaient parfois Mohammed VI, et la différence de génération entre les deux hommes accentuait les malentendus. Pourtant Chirac manifestait envers le monarque, face à ses erreurs et à ses excès, une patience et une déférence méritoires, alors même que les groupes français implantés au Maroc étaient maltraités. Pas une fois il ne fit part de ces griefs au souverain, qui, en tout état de cause, semblait traiter le président de la République française comme il traitait les entreprises de l'Hexagone : avec la plus franche désinvolture.

Une anecdote l'illustre de façon étonnante, et témoigne d'une deuxième erreur psychologique commise par Chirac. Au cours d'une de leurs rencontres, il prodigua au souverain marocain des conseils de bonne gouvernance économique, et lâcha soudain : « Je connais un remarquable économiste qui pourrait, Majesté, vous donner d'excellents conseils. Il s'agit de Michel Camdessus, l'ancien directeur du Fonds monétaire international. Voulez-vous qu'il vienne vous voir ? »

Le roi hocha mécaniquement la tête, moins sans doute en signe d'acquiescement que pour clore l'entrevue. Chirac contacta immédiatement Camdessus, qui fut dépêché à Tanger où le roi séjournait. Il attendit vainement à son hôtel un appel du Palais... Le roi ne pouvait ignorer la visite de l'intéressé, il en avait évidemment été informé, mais il avait tout simplement décidé de l'occulter, comme si elle n'avait pas existé. Vexant pour Camdessus et humiliant pour Chirac, l'épisode révèle avec quel souverain dédain il traite toute manifestation d'ingérence, fût-elle mue par de bonnes intentions.

Crise à Marrakech

La mise au pas des Français marqua pour le roi et ses proches le début d'une ère nouvelle, que l'on pourrait résumer par la formule : « Loin des regards, vivons heureux. » La moindre entorse à ce principe appelait un châtiment exemplaire. Ce fut le cas avec Primarios, cette société appartenant au roi qui meuble et décore les palais. Dirigée par Hassan Mansouri, l'homme des tableaux royaux, elle intenta, en mars 2009, un procès au magazine *Économie & Entreprises* qui avait insinué que Primarios avait surfacturé la rénovation du mobilier de la Mamounia, le palace de Marrakech. Un hôtel dont le principal actionnaire est l'ONCF (l'Office national des chemins de fer), mais qui a longtemps été le haut lieu officieux de la diplomatie marocaine. La liste des personnalités françaises, politiques et journalistes de tout bord, qui ont séjourné dans ce palace à l'invitation du Palais est si longue qu'on n'en finirait pas de l'égrener. Un cadre luxueux et exotique, en tout cas, un endroit bien fait pour corrompre en douceur, si l'on en croit les mauvaises langues. Quoi qu'il en soit, Hassan II et Mohammed VI ont toujours surveillé de très près la bonne marche de l'établissement, y compris son aménagement intérieur.

Et, pour avoir précisément contesté certains détails de la décoration voulue par Mohammed VI, Robert Bergé, le directeur de la Mamounia, en poste depuis treize ans, fut prié en 2006 de faire ses valises. C'est dire si la mise en cause de Primarios dans la presse avait suscité la colère du roi. Comme chacun sait que la justice marocaine est en tout point exemplaire et indépendante, le procès se solda par des dommages et intérêts de 5,9 millions de dirhams infligés au journal. Une somme exorbitante, que la société éditrice en question est évidemment incapable de payer et qui pourrait bien la contraindre à fermer.

Quelques mots encore à propos de Marrakech. Les hôtels de cette ville, du moins ceux qu'il contrôle, sont une source de contrariété pour Mohammed VI. En plus de la malheureuse affaire de la Mamounia, le Royal Mansour, qui lui appartient, a récemment été balayé par un vent de panique. Le « roi des pauvres » avait lui-même conçu ce palace, où le prix des meilleurs riads peut atteindre 13 000 euros la nuit. Un lieu de rêve inaccessible à 99 % de la population mondiale. Les affaires du royaume ont pourtant été reléguées au second plan pendant sa construction et son aménagement, le roi consacrant toute son attention au moindre accessoire.

Le palace accueille les familles régnantes du Golfe, notamment saoudienne et émiratie. Un cadre de rêve parfaitement adapté à ces clients privilégiés. Jusqu'au jour où le scandale éclata et, pire encore, se répéta. Des princes stupéfaits découvrirent qu'ils avaient été délestés d'importantes sommes d'argent et de bijoux de grand prix, tous dérobés dans leurs appartements. Oui, un voleur sévissait au Royal Mansour, et il poussa l'audace jusqu'à récidiver. Dans l'hôtel du roi !

Les princes s'en plaignirent au souverain, qui, fou de rage, ordonna sur-le-champ une enquête. Pendant plusieurs semaines, les cinq cents employés de l'hôtel furent interrogés, leurs témoignages et emplois du temps recoupés. La police, les enquêteurs se mêlèrent au personnel. Le scandale fut étouffé, mais il fallut plus de deux mois pour que l'on identifie le coupable présumé, c'est du moins ce qu'on prétend au Palais à mots couverts car l'hôtel Royal Mansour, lui, ne communique pas sur le sujet. En effet, ni l'attachée de presse en France de l'établissement, Claire Jacopin, ni celle de l'hôtel au Maroc, Sarra Essail, n'ont daigné répondre à nos questions. En l'absence de détails sur son identité, le voleur qui narguait le roi demeure bien énigmatique dans ses mobiles...

Quand les magasins du roi violent la loi

Le secteur de la grande distribution, on l'a vu, est dans le giron de l'ONA. Selon l'étude réalisée, à l'été 2011, par le cabinet Masnaoui Mazars pour le Conseil de la concurrence, ce secteur affiche un chiffre d'affaires de 2 milliards de dollars et une croissance annuelle de 9 %. C'est donc un domaine rentable économiquement et, qui plus est, peu réglementé, ce qui n'a pas échappé au Palais. En effet, les enseignes Marjane et Acima, qui, on l'a dit, appartiennent toutes deux au holding royal, contrôlent 64 % du marché de la grande distribution, loin devant leur concurrent Label'Vie, dont la part de marché n'excède pas 28 %.

De fait, l'expansion du réseau Marjane repose moins sur son dynamisme que sur l'arbitraire royal. En rompant avec Auchan en août 2007, l'ONA avait annoncé son intention d'ouvrir un nouveau supermarché Acima chaque mois et un hypermarché Marjane chaque trimestre. Un rythme de croissance dont l'exécution reposerait, selon une source proche du dossier[1], sur une chaîne d'ordres très simple. À coups de terrains cédés dans des conditions avantageuses par l'État, certaines mauvaises langues diraient plutôt volés à l'État, le groupe connaît une croissance qui prend également quelques libertés avec les principes de l'islam. Ses magasins vendent en effet de l'alcool, ce qui contrevient à la loi en vigueur dans le pays, et ces ventes de vins et spiritueux représenteraient environ le tiers du chiffre d'affaires des enseignes royales...

Généreuses avec le groupe appartenant au souverain, les autorités marocaines se montrent nettement plus pointilleuses avec ses concurrents. Carrefour a ainsi été exilé à Salé, une banlieue populaire de Rabat.

En mars 2010, Mohammed VI effectue une visite officielle au Gabon pour rencontrer son grand ami, le président Ali Bongo. Les liens entre les deux chefs d'État, étroits et amicaux, remontent au règne d'Hassan II. Omar Bongo, autre grand prédateur devant l'éternel, avait réussi l'exploit, après plus de quarante années passées au pouvoir, de laisser un eldorado pétrolier aussi peu peuplé que le Gabon dans un état de sous-développement incroyable. L'argent du pétrole, les multiples propriétés qu'il avait acquises à travers le monde n'empêchaient pas le dirigeant africain d'être littéralement fasciné par la posture royale d'Hassan II, le luxe et l'apparat dans lesquels évoluait le souverain marocain. Il séjournait fréquemment dans le royaume

1. Entretien avec l'un des auteurs, Paris, novembre 2011.

pour rencontrer ce roi qui, de son côté, semblait le traiter comme un cousin de province.

Libérés de la tutelle d'un père écrasant, les héritiers du trône marocain et de la petite république du Congo s'entendirent pour mener à bien ce qui les intéressait le plus : les affaires.

Les mines d'or royales assoiffent les populations

En mai 2010, deux mois après la visite du roi, une convention fut signée par l'État gabonais avec Managem, le groupe minier marocain, autorisant ce dernier à exploiter la mine d'or de Bakoudou. Managem est une filiale de l'ONA, ce qui explique le traitement privilégié dont elle bénéficie au Gabon. La mine de Bakoudou comporte des réserves d'un million sept cent mille tonnes d'or, et l'extraction qui a débuté en juillet 2011 génère une production annuelle de cinq cent mille tonnes de minerai. Selon un communiqué officiel, ce projet « s'inscrit pleinement dans le pilier [*sic*] – Gabon industriel – sur lequel s'appuie le président Ali Bongo pour développer son projet de société "le Gabon émergent" ».

Depuis plus de quarante ans, l'« émergence » économique du pauvre Gabon, pillé par ses dirigeants, est pourtant bien compromise ; en revanche, le Maroc y enchaîne les projets. L'exploitation par Managem d'une autre mine d'or, à Ekeli, est prévue, et l'OCP (Office chérifien des phosphates) prévoit d'exploiter bientôt les ressources gabonaises.

Pour comprendre l'essor actuel de Managem, il faut

se pencher sur son cœur de métier qui fut, pendant des décennies, l'exploitation de mines au Maroc et leur accaparement par le pouvoir royal. Cette activité minière n'a guère, c'est le moins que l'on puisse dire, contribué à favoriser le développement du pays.

La mine la plus importante exploitée par Managem au Maroc est celle d'Akka. Située à deux cent quatre-vingts kilomètres au sud d'Agadir, elle est en activité depuis 2001, mais son adjudication au profit de Managem remonte à 1996. Son exploitation a bénéficié d'une aide de la France, ce qui est tout à fait scandaleux. Voici pourquoi.

Officiellement, la mine a permis de désenclaver la région en créant un réseau de routes, d'électricité, d'eau, de télécommunications.

Officieusement, la réalité est beaucoup plus sombre. Pour extraire la poudre d'or, il faut des centaines de tonnes d'eau. Managem mobilise, pour y parvenir, de nombreux puits de plus de mille mètres de profondeur, réduisant considérablement, du même coup, la nappe d'eau disponible. Les conséquences sont dramatiques : le désert gagne du terrain. Dans l'indifférence géné-rale, les habitants manifestent régulièrement devant les locaux de Managem et réclament de l'eau à boire, la sauvegarde de leur cheptel et de leur oasis[1]. Étran-gement, cette zone déshéritée n'a jamais eu droit à la moindre visite du roi.

La plupart de ces mines appartenaient autrefois à la SMI, la société publique privatisée en 1996. Bien entendu, Managem s'est porté acquéreur mais, coïn-cidence curieuse, la surexploitation de ces sites n'a

---

1. Forum internet intitulé « forum-souss.exprimetoi.net ».

commencé qu'au début des années 2000 avec l'arrivée au pouvoir de Mohammed VI et de son équipe. Sur le site d'Imiter, près de Thingir, cette surexploitation outrageuse a provoqué, en septembre 2011, des manifestations. Les mineurs, en signe de protestation, ont fermé la vanne d'alimentation en eau de l'usine. Cette eau qui est littéralement confisquée aux habitants de la région. L'an dernier, Managem a présenté un chiffre d'affaires en hausse de 654 millions de dirhams.

« Appelez immédiatement les Bouygues ! »

La terre est, au Maroc, le symbole du pouvoir. Dans ce pays profondément agricole, elle est la valeur ultime, et c'est par elle que s'expriment le mieux l'arbitraire et la toute-puissance du roi, mais aussi sa générosité. Il est celui qui accapare, confisque, mais également distribue pour récompenser ou s'attacher une fidélité. La terre est, pour le roi, à la fois un moyen de gouverner et de montrer qu'il reste au-dessus des lois ; quand bien même il utilise comme levier des organismes publics.

En 2008, un litige opposa CDG Développement, une filiale de la Caisse de dépôt et de gestion, à une riche famille du nord du pays, les Erzini. Ces derniers affirmaient avoir été expropriés d'un domaine de cent vingt-quatre hectares dont ils possédaient le droit de jouissance depuis 1992. Ils dénoncèrent un abus d'autorité, qui avait entravé l'immatriculation de leur terrain et permis l'expropriation.

Les cent vingt-quatre hectares en question, objet du litige, se trouvent à Mdiq, où le roi passe tous ses étés depuis son accession au trône, et ils vont servir à construire, à proximité, un complexe touristique, Tamuda Bay, et un hôtel Ritz-Carlton. Un ensemble luxueux, qui devrait ouvrir fin 2013 et qui sera notamment pourvu d'un golf dessiné par l'ancien champion Jack Nicklaus. Un caprice du roi surgi de terre. Il est financé en partie sur fonds publics, tandis que les propriétaires expropriés n'auraient jamais été indemnisés. Autre caprice royal, la résidence de Mohammed VI à côté de Mdiq a été équipée de capteurs qui répandent tout autour un parfum de fleur d'oranger, pour chasser les odeurs indélicates.

Ce goût prononcé d'Hassan II, mais surtout de son fils, pour l'immobilier et le BTP a conduit certains critiques du régime à s'aventurer sur un terrain mouvant. L'opposant Moumen Diouri affirmait ainsi qu'Hassan II possédait 15 % du groupe Bouygues et que ce « secret » était soigneusement caché. Au cours de notre enquête, nous avons cherché une trace plausible de cet investissement. En vain. Le roi du Maroc n'a jamais été actionnaire du groupe de construction français, mais il est vrai qu'en tant que client privilégié il a pu compter sur le service après-vente des dirigeants du groupe de BTP.

Ainsi ce jour où Hassan II décida qu'il voulait intervenir à la télévision française. C'était à la fin des années 1990. Il se tenait debout dans l'un des salons du palais de Rabat, entouré de quelques conseillers aux allures empruntées et aux mines déférentes. Il se tourna soudain vers son conseiller en communication, André Azoulay, et l'apostropha sur un ton d'impatience :

— Où puis-je passer ?

— Vous pouvez, Majesté, intervenir à la fin du journal de France 2.

— Pendant combien de temps ?

— Environ quinze à vingt minutes.

— Et l'autre option ?

— C'est TF1, avec l'émission *7 sur 7*.

Moue contrariée.

— Ah, c'est Sinclair ?

— Oui, Majesté.

— Et l'émission dure combien de temps ?

— Une heure !

— Je prends, appelez immédiatement les Bouygues[1].

Quinze jours plus tard, l'émission fut programmée en priorité, malgré les réticences d'Anne Sinclair, et Martin Bouygues, Patrick Lelay, Étienne Mougeotte débarquèrent d'un jet privé sur l'aéroport de Rabat pour assister à l'enregistrement de l'émission.

1. La scène s'est déroulée en 1993 en présence de l'un des auteurs (É. L.).

CHAPITRE XI

Un système devenu fou

Mustapha Terrab appartient au corps d'élite des ingénieurs formés dans les grandes écoles françaises et anglo-saxonnes. À 56 ans, il est passé par les Ponts et Chaussées ainsi que par le célèbre Massachusetts Institute of Technology (MIT). Après un long séjour aux États-Unis, il rentre au Maroc et gère de main de maître l'octroi de la seconde licence de téléphonie mobile du royaume. Puis il s'exile volontairement aux États-Unis, à Washington, où il travaille à la Banque mondiale, avant d'être nommé directeur général de l'Office chérifien des phosphates en 2006. Plus connue sous le sigle d'OCP, cette entreprise publique d'environ dix-huit mille salariés est le leader mondial des exportations de phosphates et pèse près de 3,5 % du PIB du pays.

Dès sa prise de fonction, la tâche s'annonce délicate pour Mustapha Terrab : sous Hassan II, l'OCP a généreusement servi de caisse noire au régime et, pour ne rien arranger, sa caisse de retraite interne, qui verse leurs pensions à quelque trente mille anciens, a été littéralement vidée. La situation est dramatique puisque le déficit de ladite caisse dépasserait les 32 milliards de dirhams[1] (3,2 milliards d'euros) et que les retraites sont alors payées sur les fonds propres de l'entreprise. Un état des lieux explosif, tant financièrement que socialement. L'OCP est réputée pour son opacité. Une banque française, qui lui accorde pourtant depuis plusieurs années des crédits, n'a jamais pu avoir accès à ses comptes. « Une situation qui n'est guère orthodoxe », confie le banquier en question[2].

Mustapha Terrab commande alors une batterie d'audits à différents cabinets, au premier rang desquels le redouté cabinet américain Kroll, spécialisé dans l'intelligence économique. Résultat : quelques mois à peine après sa prise de fonctions, le P-DG limoge, en septembre 2006, plusieurs cadres dirigeants de l'OCP. Ils seraient mêlés à des délits tels que des faux et usages de faux, ou encore l'établissement de visas de marché antidaté[3]. La situation est alors particulièrement alarmante du côté des filières étrangères, qui affichent des pertes records. De graves irrégularités y sont observées, comme la vente de phosphates à prix bradé à une société américaine dirigée par un ancien cadre commercial de l'OCP...

« Si ça se sait, le système saute ! »

Les enquêtes menées révèlent également que ces membres indélicats du personnel ne seraient pas les

---

1. Tahar Abou El Farah, « L'OCP externalise sa caisse de retraite », *Aujourd'hui le Maroc*, 23 juillet 2007.

2. Entretien avec l'un des auteurs, Paris, janvier 2011.

3. Nicolas Beau et Catherine Graciet, *op. cit.*

seuls responsables de la gabegie financière qui s'est installée. Un proche, un très proche du roi, est également montré du doigt. Un énorme scandale se profile : « Si ça se sait, le système saute[1] ! » confie, épouvanté, un proche collaborateur de Mustapha Terrab. En réalité, ce qu'il exprime à mots couverts, c'est tout simplement le risque que la monarchie soit ébranlée si l'information venait à être révélée.

Le roi Mohammed VI tarde pourtant à recevoir publiquement le patron de l'OCP pour faire le point avec lui sur le nettoyage de l'entreprise. Et, par ce geste, signifier qu'il le protège. Mais tout est bien qui finit bien. Mustapha Terrab redresse l'OCP, et la caisse de retraite interne finira par être externalisée en 2008, et partiellement renflouée par l'incontournable Caisse de dépôt et de gestion (CDG), la fonction principale de la CDG n'étant finalement pas tant de recueillir l'épargne des Marocains que de réparer les dégâts commis par les dérives de la monarchie.

Chakib Benmoussa, lui, n'aura pas cette chance. Il est également diplômé du MIT et de l'École polytechnique. Lui ne devient pourtant pas chef d'entreprise, mais ministre. Il détient le portefeuille stratégique de l'Intérieur, un ministère dont Fouad Ali El Himma tire en réalité les ficelles après avoir occupé le poste de ministre délégué de 1999 à 2007.

Apprécié de ses pairs européens, Chakib Benmoussa dépoussière son ministère. Refusant de devenir la marionnette de Fouad Ali El Himma comme l'avait été son prédécesseur, il entre en résistance en 2009, à

---

1. Entretien avec l'un des auteurs, Casablanca, septembre 2011.

la veille des élections communales. Comme à chaque rendez-vous électoral, tout l'enjeu pour le Palais est d'empêcher les islamistes modérés du Parti de la justice et du développement (PJD) de l'emporter. Cette fois, Mohammed VI pense avoir trouvé la parade contre les barbus : créer de toutes pièces un parti politique, le PAM (Parti authenticité et modernité), dont il confie la gestion à son fidèle El Himma.

L'arène politique marocaine étant d'abord une affaire de courtisans, de nombreux politiciens en quête de privilèges rallient avec armes et bagages le PAM. Au Maroc, on qualifie ce phénomène préélectoral de « transhumance ». Mais, contre toute attente, Chakib Benmoussa refuse que le ministère de l'Intérieur valide les listes du PAM où ces « transhumants » se sont massivement inscrits. Il sera sèchement renvoyé le 4 janvier 2010, sans se voir proposer un autre poste.

« C'est un homme honnête qui n'a pas volé, lui. Alors les fins de mois ont fini par être difficiles, d'autant qu'il était quasiment en résidence surveillée. Il ne s'est pas plaint, mais c'était dur de ne pas travailler », glisse l'un de ses amis, l'ancien ministre fuyant les journalistes.

La punition, qui a toujours au Maroc valeur d'exemple, s'appliquera treize longs mois, jusqu'au 21 février 2011 exactement, date à laquelle Chakib Benmoussa sera nommé à la tête du Conseil économique et social, une fonction qu'il exerce toujours aujourd'hui avec discrétion. Un fâcheux contre-exemple dans un système régi par la servilité et l'avidité.

« Le roi ne parle pas, le roi ne communique pas »

Ces épisodes de la vie quotidienne à la Cour sous Mohammed VI montrent à quel point les conseillers du roi ont droit de vie ou de mort professionnelle sur le reste du Makhzen. Pour le journaliste Ali Anouzla, qui dirige avec talent le site web d'informations Lakome, c'est en partie l'effet du mode de gouvernance de Mohammed VI : « Le roi ne parle pas, le roi ne communique pas, et même de hauts responsables de l'administration ne le rencontrent pas. Tout passe par Fouad Ali El Himma, pour les affaires politiques, et par Mounir Majidi, pour l'économie et les affaires[1]. » Un souverain dont le silence et l'absence laissent le champ libre aux deux hommes.

En dépit de ce fonctionnement bicéphale, El Himma et Majidi se livrent une guerre aussi mesquine que vaine. Entre 2007 et 2011, celle-ci s'est déroulée par journaux interposés. C'était à celui qui lâcherait la plus vilaine révélation sur l'autre. Ainsi, en mai 2007, le quotidien *Al-Ahdat al-Maghribia* affichait en une un titre ravageur : *Nouveau scandale foncier, le secrétaire particulier du roi bénéficie d'un terrain à prix symbolique à Taroudant.* Au menu des révélations : le ministère des Habous (Affaires et Patrimoine religieux) aurait cédé en 2005 à Mounir Majidi quatre hectares et demi situés dans la zone touristique de Taroudant pour le prix symbolique de 50 dirhams (5 euros) le m^2. Soit quatre-vingts fois moins que le prix du mar-

---

1. Entretien avec l'un des auteurs, Rabat, juillet 2011.

ché selon le journal, qui estime que celui-ci excédait alors les 4 000 dirhams (400 euros) le m².

En mars 2011, c'est au tour de Fouad Ali El Himma de se retrouver sous les projecteurs, par la grâce du quotidien *Al Massae*. Un an plus tôt, le cabinet de conseil qu'il possède, Mena Media Consulting, avait remporté un important contrat avec l'ONE, l'Office national d'électricité. Le montant des prestations était élevé : 7,5 millions de dirhams hors taxes (750 000 euros) sur dix mois, soit 750 000 dirhams par mois (75 000 euros). Problème : aucun appel d'offres n'avait été organisé.

Le directeur du journal *Al Massae* va payer très cher son insolence. Il tombe au moment même où l'ami du roi se fait conspuer par les manifestants du mouvement du 20-Février : le 9 juin 2011, en effet, Rachid Niny est condamné à un an de prison ferme et sa peine est confirmée en appel, le 24 octobre de la même année. Il est officiellement tombé pour « désinformation », à la suite d'un article qui traitait du patron des services secrets intérieurs marocains. Évidemment, personne n'est dupe.

Le pouvoir repose sur le verrouillage de trois secteurs

Bien qu'ils se détestent cordialement, les deux amis du roi sont contraints de travailler en bonne intelligence pour placer aux rouages clés de l'administration et des affaires des hommes à eux. Sans ces centaines d'obligés, les entreprises royales n'auraient jamais pu s'imposer ni aux Marocains ni à la bourgeoisie d'affaires. Leur sort est lié à la prospérité du roi. Dans son entreprise de prédation, Mohammed VI peut compter sur tous ces gens agissant dans l'espoir d'obtenir des privilèges personnels. Mon pays pour une voiture de fonction...

Si demain une révolution venait à balayer le régime comme en Tunisie, l'épuration qui s'ensuivrait décimerait la haute fonction publique marocaine, dont certains services sont davantage mis à contribution que d'autres par le Palais. Comme le révèle un membre éminent du Makhzen, « outre certains hauts fonctionnaires qui ont plus de pouvoirs que d'autres, le système repose aussi sur le verrouillage de trois secteurs clés en apparence secondaires[1] ». Cette personnalité, qui souhaite elle aussi rester anonyme, énumère les trois secteurs en question : « la direction des impôts, qui permet de savoir qui paie quoi et d'infliger pénalités et contrôles ; la direction des grâces, pour les procès à éviter et ceux qu'il faut déclencher ; la direction du foncier, pour savoir ce que l'on peut piller ou non ».

En matière d'affairisme, c'est Mounir Majidi qui a su le mieux placer ses pions, secondé par Hassan Bouhemou. Les deux hommes règnent sur un vaste réseau de fonctionnaires, d'intermédiaires et de chefs d'entreprise. La pièce maîtresse de leur dispositif, dédié naturellement à Sa Majesté, reste le directeur général de la CDG. Anass Alami a été parachuté à ce poste en juin 2009 par Mohammed VI, sur proposition de Mounir Majidi. La nomination de ce pâle exécutant, très proche de Bouhemou, est considérée comme le symbole de la mainmise du Palais sur la CDG. Dans le même registre, on peut citer le placide Ali Fassi Fihri, patron

---

1. Entretien avec l'un des auteurs, Paris, décembre 2011.

des offices de l'eau et de l'électricité, qui ne rechigne pas à favoriser Nareva, l'entreprise de Mohammed VI spécialisée dans les énergies renouvelables.

Ces « serviteurs » étant à la merci de la moindre saute d'humeur royale, Mounir Majidi a pris soin de regrouper son cercle de vrais fidèles au sein de Maroc Cultures, qui organise le festival de musique Mawazine. Depuis 2006, il préside lui-même cette association. Contrairement aux grands technocrates du royaume ou aux patrons d'entreprises publiques qui affichent de solides CV internationaux, la petite bande à Majidi manque singulièrement d'envergure, à l'image de son mentor. On y retrouve le consultant Hicham Chbihi, qui propose des séances de coaching à la fine fleur du capitalisme marocain ; Moncef Belkhayat, alors ministre de la Jeunesse et des Sports, connu, selon la presse, pour conduire aux frais du contribuable une luxueuse Audi A8 dont la location coûterait annuellement 1 million de dirhams (100 000 euros) ; Hassan Mansouri, le discret mais puissant directeur de la société royale Primarios, qui fait office de centrale d'achats pour les palais ; et enfin Abbas Azzouzi, qui dirige la chaîne de télévision Médi1 après s'être illustré par son arrogance au poste de directeur de l'Office du tourisme.

Le cercle de Fouad Ali El Himma est lui aussi à l'image du personnage : plus complexe et touche-à-tout. L'ami du roi chasse à la lisière de la politique, de la diplomatie, de l'économie – et même du renseignement. C'est lui qui a œuvré pour que son camarade du Collège royal puis du ministère de l'Intérieur, Yassine Mansouri, soit catapulté à la tête de l'agence de presse officielle MAP, puis à celle de la DGED, l'équivalent marocain de la DGSE.

Un autre homme, Khalil Hachimi Idrissi, a également été nommé en 2011 à la MAP, toujours par El Himma. Une promotion pour ce journaliste qui, lorsqu'il était à la tête du quotidien *Aujourd'hui Le Maroc*, s'est surtout distingué par sa Jaguar et ses éditoriaux insultants pour les opposants et les Algériens.

Dans un registre tout aussi distingué, on peut citer l'homme de l'ombre et des basses œuvres politiques d'El Himma, un Rifain du nom d'Ilyas el-Omari. Il affectait d'être de gauche, mais il a brutalement tombé le masque en jouant les rabatteurs pour le parti récemment créé par le roi, le fameux PAM. L'organigramme de ce parti construit de toutes pièces révèle aussi qu'El Himma a pris soin d'y placer l'un de ses pions, Mohamed Cheikh Biadillah, un ancien membre fondateur du Front Polisario, qui a rallié la monarchie. Jusqu'en novembre 2011, Cheikh Biadillah était à la fois président de la deuxième chambre du Parlement et secrétaire général du PAM.

Mais la plus belle prise d'El Himma reste sans conteste l'homme d'affaires Aziz Akhennouch. Cette grosse fortune exerce deux activités paradoxales : il occupe le poste de ministre de l'Agriculture... tout en dirigeant le groupe énergétique Akwa.

Comment s'emparer d'un stade de football ?

Dénués de scrupules, contrôlant l'ensemble du pays, les hommes du roi s'intéressent impunément à tous les secteurs. Même celui du sport, et plus précisément du sport préféré des Marocains : le football. Le scandale du club du FUS (Fath Union Sport) est révélateur des façons de procéder de Mohammed VI avec ses collaborateurs, lorsqu'ils sont avides de terrains bon marché et d'argent frais.

En 2008, pourtant, c'est l'optimisme qui domine dans les rangs des amateurs de ballon rond : le secrétaire particulier du monarque vient d'être choisi pour diriger le FUS. Ce choix n'a rien d'extraordinaire puisque c'est toujours un proche du Palais qui occupe ces fonctions à la fois sportives, sociales et politiques. Et puis, par sa proximité avec le monarque, Majidi est en mesure d'apporter fortune et succès au club.

Il constitue donc une équipe de choc, composée de patrons de renom, en réalité des hommes à lui : Moatassim Belghazi, le président de la Somed et futur patron de l'ONA ; Moncef Belkhayat, le P-DG d'Atcom (finance.com) et futur ministre de la Jeunesse et des Sports ; ainsi qu'Ali Fassi Fihri, frère de l'ex-ministre des Affaires étrangères et patron de l'ONE. Tout le monde applaudit – journalistes, conseil de la ville de Rabat, associations sportives – et rares sont ceux qui devinent alors les sombres desseins de Majidi.

Sous couvert de promouvoir le football et de faire du FUS le champion national du ballon rond, le secrétaire particulier du roi cherche en fait à s'approprier l'imposant patrimoine foncier du club : vingt hectares au cœur de la capitale.

L'homme se met rapidement à l'œuvre. Il propose aux élus de Rabat un protocole d'accord. Au programme : la cession au FUS du stade du Belvédère pour 1 dirham symbolique et, en contrepartie, la vague promesse de l'octroi d'un terrain situé en dehors de la ville. Majidi fait en outre habilement miroiter la création d'une académie sportive, car les élus de Rabat, notamment ceux de gauche, s'opposent dans un premier temps à cet accord... avant de céder sous la pression[1].

Sur le contrat de cession du stade, la mention « vente » a été rayée et remplacée par « *Tafwit passation* », ce qui signifie « transfert sans contrepartie financière ». Ce véritable « vol » d'un terrain public, qui vaut une fortune, est en réalité le fruit d'une stratégie échafaudée par Majidi.

Dès novembre 2007, une Société pour le développement et la promotion du sport (SDPS) est inscrite au registre du commerce avant d'être mise en veilleuse. Elle émane curieusement de la CDG, et sa capitalisation atteint les 9 millions de dirhams, une somme élevée. Majidi crée ensuite deux autres entreprises, filiales de l'association FUS. La première, FUS Développement, est une société de promotion immobilière, et c'est à elle que le conseil municipal de Rabat cédera le stade de Belvédère. Les élus avaient même envisagé un temps de conclure un autre accord avec une deuxième entreprise créée par Majidi, FUS Gestion. Ils auraient dû mettre à sa disposition un autre stade en contrepartie d'une redevance dont le montant n'était même pas indiqué dans les documents[2].

Heureusement, un sursaut d'honneur les aura empêchés de s'abaisser à nouveau. Ils ont dénoncé ce projet. En avril 2011, le conseil de la ville de Rabat cherchera

---

1. Mohamed Jamaï, Ali Amar, Mouaad Rhandi « La Gifle, Affaire FUS, le secrétaire du roi à l'épreuve de la démocratie », *Le Journal hebdomadaire*, n° 341, du 15 au 28 mars.

2. *Ibid.*

même à remettre en cause le contrat le liant au FUS et à Mounir Majidi, mais sa détermination semble être aujourd'hui retombée comme un soufflé.

Le festival de Mohammed VI

Majidi n'a pas plus de goût pour la culture qu'il n'en a pour le football, mais il s'intéresse à ce domaine pour les mêmes raisons. Même les festivals de musique, véritables fêtes populaires au Maroc, n'échappent pas à son attention. C'est notamment le cas du festival de musique de Rabat, Mawazine, créé en 2001 et qui se déroule chaque année en mai « sous le haut patronage de Sa Majesté le Roi Mohammed VI ».

À l'origine, l'événement partait d'un bon sentiment royal : offrir à la capitale du royaume un festival digne de ce nom. Après tout, la ville de Fès avait le sien, consacré aux musiques sacrées et de renommée internationale, la jolie ville fortifiée d'Essaouira aussi, avec les musiques gnaouas... Décision fut donc prise d'occuper le créneau des musiques du monde, avec l'ambition de rapprocher les cultures sud-sud.

Dans un premier temps, le projet fut sagement confié à un proche du Palais, qui dirige aujourd'hui le Collège royal, Abdeljalil Lahjomri, un homme cultivé. Et la magie opéra, il parvint à insuffler une âme à Mawazine. « Rencontres culturelles d'un bon niveau avec des débats mais aussi la venue d'artistes connus, et moins connus, mais toujours intéressants. C'était le bon temps[1] », soupire une fidèle du festival, qui a la nostalgie des premières années.

1. Entretien avec les auteurs, Casablanca, septembre 2011.

En 2006, malheureusement, Mawazine traversa une grave crise financière. On frôla la banqueroute et, pour sauver sa création, Mohammed VI envoya Mounir Majidi à la rescousse. C'est alors qu'il s'installa avec son équipe à la présidence de l'association Maroc Cultures, organisatrice du festival. La programmation fut remaniée dès 2007. Nettement plus clinquante – on y invite Shakira, Stevie Wonder, Sting, Elton John… –, elle se veut surtout désormais plus populaire. La foule est toujours au rendez-vous, et même les princesses accourent. Ainsi, en 2009, Lalla Selma, la rousse et discrète épouse de Mohammed VI, ainsi que leur fils Hassan assistèrent au concert de Whitney Houston.

Hélas, cette année-là, la fête fut endeuillée : onze personnes périrent au cours d'une bousculade. Une seule issue était ouverte pour évacuer des milliers de spectateurs, et certaines familles de victimes n'ont toujours pas été indemnisées. Mais ce n'est pas la seule zone sombre de Mawazine.

Dans le monde des affaires, il existe une expression, celle d'« impôt Mawazine », qui désigne l'obligation tacite faite aux institutions du royaume, ainsi qu'aux grandes entreprises, privées comme publiques, de subventionner le festival du roi. Avec un budget de 62 millions de dirhams en 2011 (6,2 millions d'euros), les fonds récoltés par l'association ne suffisent pas.

Marwan[1] travaille au sein de Maroc Cultures, présidée par Majidi. Il y occupe des fonctions transversales grâce auxquelles il est en contact avec de nombreux colla-

1. Le prénom a été changé.

borateurs. Pour lui, « même si, aujourd'hui, on dit que le festival n'est plus subventionné sur deniers publics, il s'agit d'un mensonge. En 2010, la ville de Rabat a discrètement donné 1,1 million de dirhams à Mawazine [110 000 euros]. Puis, en 2011, un membre du conseil de la ville m'a confirmé que Rabat aurait déboursé autour de 4 millions de dirhams [400 000 euros][1] », affirme-t-il sans pour autant apporter de preuves à l'appui de ses dires. Et ce ne serait pas tout. « Du côté des entreprises publiques, les principaux sponsors sont la CDG et l'OCP, à hauteur de 1 million de dollars environ chacune[2], Royal Air Maroc prend en charge les voyages de centaines de personnes, quant à l'ONCF [Chemins de fer] et l'ONE [électricité], ils verseraient entre 50 000 et 80 000 dollars environ », poursuit-il.

Le privé ne semble pas en reste. Le financier Othman Benjelloun (groupe BMCE) et le patron du groupe Akwa, qui est aussi ministre de l'Agriculture, Aziz Akhennouch, débourseraient chacun autour de 1,5 million de dirhams[3]. Maroc Telecom « cotiserait » à hauteur de 1,3 million de dirhams. La SNI, l'ONA, les deux holdings royaux qui ont récemment fusionné, mettent également au pot, tout comme Attijariwafabank, mais de façon semble-t-il plus modeste[4].

Ces informations sont en grande partie corroborées par des enquêtes parues dans la presse marocaine. Ainsi,

1. Entretien avec l'un des auteurs, Casablanca et Paris, juillet et novembre 2011.

2. Voir aussi Aïcha Akalay, Hassan Hamdani et Mehdi Michbal, « Mawazine, un miracle royal », *TelQuel*, n° 425.

3. *Ibid.*

4. *Ibid.*

dans son édition du 11 mai 2011, *L'Économiste* explique, au sujet des bailleurs de fonds du festival, qu'en 2011 les subventions à Mawazine auraient atteint 21 millions de dirhams (2,1 millions d'euros), soit 34 % du budget de l'événement. On apprend également que la liste est plus large encore que celle dressée par Marwan : ils seraient vingt et un sponsors et partenaires. Parmi eux, on peut notamment citer deux entreprises à capitaux émiratis, JLEC et Maarbar, mais aussi Maroc Telecom, l'Office chérifien des phosphates (OCP), Lafarge Maroc, ainsi que des filiales des groupes français Accor et Véolia[1]. Mais les montants versés restent tabous. « Aucun sponsor parmi ceux que nous avons contactés n'a souhaité révéler sa contribution au sponsoring de Mawazine[2] », explique *L'Économiste*.

À en croire Marwan, certaines entreprises seraient même taxées deux fois. « Pendant la durée du festival, on leur demande en plus d'acheter des loges VIP pour le prix exorbitant de 400 000 dirhams (40 000 euros), soit le coût d'un appartement de moyen standing, ainsi que des cartes à 2 000 dirhams (200 euros), pour avoir le droit de pénétrer dans le carré VIP. »

L'année où Mawazine a failli mourir

Cette combine aurait pu continuer longtemps si les manifestants du 20-Février, motivés par les révolutions en Tunisie, en Égypte et au Yémen, ne s'en

---

1. Bachir Thiam, « Mawazine, Maroc Cultures peaufine son modèle économique », *L'Économiste*, n° 3527, 11 mai 2011.
2. *Ibid.*

étaient mêlés. Dès les premiers troubles au Maroc, en février 2011, fleurissent sur les pancartes des slogans hostiles à Mounir Majidi, mais aussi à Mawazine. La dilapidation des deniers publics est particulièrement pointée du doigt.

« Les supputations quant à l'annulation du festival allaient bon train au sein de l'équipe, se souvient Marwan. On ne savait vraiment pas s'il serait maintenu ou non. Majidi se faisait tout petit et est allé se cacher en Floride. » Puis, vers la mi-avril 2011, ce fut le soulagement : Mohammed VI donnait son feu vert. L'édition 2011 de Mawazine fut donc maintenue en dépit de la grogne sociale. Ainsi en avait décidé le roi.

Pourtant, à quelques semaines à peine des trois coups, on frôla la catastrophe. Un média français, *Africa Intelligence*, jeta en effet un pavé dans la mare en publiant une information qui sema la zizanie dans les plus hautes sphères du Palais. Un certain Peter Barker-Homek, de nationalité américaine et ex-P-DG de l'entreprise pétrolière Taqa, détenue par l'émirat d'Abu Dhabi, se mit à table après avoir été renvoyé. La rancune tenace, il demandait devant la justice américaine 130 millions de dollars à son ancien employeur.

Dans sa plainte, déposée en août 2010 devant la justice américaine, il accuse, entre autres, Taqa de l'avoir envoyé au Maroc en 2008 « pour céder des parts dans le capital de la centrale de Jorf Lasfar, contrôlée par Taqa, à plusieurs individus[1] ». Jorf Lasfar fournissant près de la moitié de l'électricité au Maroc, cette cen-

1. *Africa Intelligence*, nº 635, 15 septembre 2010, et *Intelligence Online*, nº 624, 9 septembre 2010.

trale est considérée comme l'une des concessions les plus rentables au monde. On imagine sans peine que les discussions, si elles ont eu lieu, ont tourné autour de très gros montants.

Surtout, dans cette plainte, Peter Barker-Homek affirme que non seulement il n'a pas accepté de se rendre au Maroc, mais encore qu'il a refusé d'y financer cinq éditions d'un festival de musique[1].

Une lettre de son avocat, adressée en janvier 2011 au bureau des alertes de la Commission des opérations de Bourse, la SEC américaine, apportera plus de précisions sur ces allégations. Barker-Homek y explique que le président de Taqa lui avait demandé de « verser 5 millions de dollars par an à Hassan Bouhemou, P-DG de la SNI, pour financer un festival de musique [...] afin que Taqa décroche le feu vert pour procéder à l'extension de la centrale d'électricité de Jorf Lasfar[2] ». Révélation ou règlement de comptes ? Pour la newsletter *Maghreb Confidentiel*, qui publie des extraits de cette lettre, le festival de musique en question est celui de Mawazine.

De son côté, Hassan Bouhemou nie en bloc et crie au complot. Peut-être dit-il vrai ? « Il semble que l'Américain se soit trompé d'Hassan et vise en réalité un Hassan d'une autre entreprise royale[3] », croit savoir une connaissance de Bouhemou.

Dans le courant du mois de mai 2011, Bouhemou se fendra même d'un communiqué où l'on peut lire :

---

1. *Intelligence Online*, n° 624, 9 septembre 2010.
2. *Maghreb confidentiel*, n° 971, 12 mai 2011, et www.lakome. com, 13 mai 2011.
3. Entretien avec l'un des auteurs, Paris, décembre 2011.

« Je ne suis ni n'ai été "l'animateur principal", ni animateur tout court, ni membre d'une quelconque structure de gestion du festival Mawazine, et par voie de conséquence en aucun cas son intermédiaire de collecte ni son dépositaire de fonds. » Et, en juin 2011, il portera plainte pour diffamation, à Paris, contre *Maghreb Confidentiel*.

Trop tard, le mal est fait et le sigle de JLEC, l'un des principaux partenaires du festival et filiale de Taqa au Maroc, est effacé du matériel promotionnel de l'édition 2011. Tout comme le nom de Moncef Belkhayat, qui dirige la communication de Maroc Cultures, disparaît des dossiers de presse et autres plaquettes. Avec sa finesse coutumière, ce « communicant » avait insulté publiquement, et à plusieurs reprises, les manifestants du 20-Février, les traitant sur les réseaux sociaux de traîtres à la monarchie et de suppôts du Front Polisario !

« Le premier jour de l'édition 2011 de Mawazine, Mounir Majidi a assisté en famille au spectacle d'ouverture. Il est venu entouré de ses lieutenants, mais en réalité le carré VIP était presque vide », raconte Marwan. Pour se rassurer quant au succès de « son » festival, Mohammed VI téléphona à son secrétaire particulier, qui, dit-on, transpirait à grosses gouttes…

Mounir Majidi assistera à presque tous les concerts pour bien montrer qu'il jouit de la confiance du roi. « Pour donner le change à la rue et faire croire que le festival rencontrait un énorme succès, les communicants de Maroc Cultures ont triché sur les chiffres du nombre de spectateurs ayant assisté aux concerts. Ils les ont fait varier en fonction de la notoriété de la star qui se produisait, mais l'objectif fixé était d'annoncer plus de deux millions de visiteurs pour avoir fait mieux qu'en 2010 », poursuit Marwan. Mais le cœur n'y est plus.

Fatim Zahra Ouataghani, la patronne de PR Media, l'agence qui gère les relations presse du festival, sèche concerts et conférences de presse. Les rumeurs les plus folles courent alors au sein de l'équipe de Maroc Cultures. « On parlait de sociétés écrans auxquelles certains prestataires du festival devaient reverser une partie de leurs gains », raconte Marwan. Indéniablement, le charme est rompu. Mais, si les Marocains ont la nausée, les hommes du Palais ne voient rien, n'entendent rien, ignorent les avertissements qui leur sont envoyés.

Football, concerts de musique… La prédation économique n'a plus de limites et l'impunité est la règle. Le système s'emballe sans que personne soit en mesure d'y mettre le holà. Pas même la France, pourtant l'un des plus fervents soutiens politiques et financiers du royaume et du trône alaouites.

CHAPITRE XII

Comment la France et l'Europe financent les projets royaux

« Nous ne sommes pas la Croix-Rouge. Nous ne pansons pas les plaies d'un pays en développement. Ces deux dernières années, nous n'avons pas eu connaissance de fraudes ou de mauvais usage systématique des fonds accordés aux Marocains. » L'homme qui s'exprime ainsi s'appelle Eneko Landaburu. Confortablement installé dans son bureau lumineux d'un quartier moderne de Rabat, il est le chef de la délégation de l'Union européenne au Maroc.

De nationalité espagnole, cet homme distingué est un Européen convaincu et un diplomate chevronné. Après avoir été membre du conseil d'administration de la Banque européenne d'investissement (BEI) et du conseil de surveillance du Fonds européen d'investissement (FEI), il a été nommé directeur général de l'élargissement à la Commission européenne. En poste au Maroc depuis 2009, il gère notamment le statut avancé accordé au royaume « à sa demande », qui lui octroie la position de partenaire privilégié de l'Europe. Parmi les principaux avantages de ce statut figure l'octroi de nombreuses aides financières.

La générosité européenne envers le royaume alaouite ne date pas d'hier. Déjà, sous Hassan II, Bruxelles regardait peu à la dépense[1]. Entre 1977 et 1996, le Maroc a ainsi bénéficié d'un peu plus de 1 milliard d'euros, dont 518 millions en prêts, de la Banque européenne d'investissement (BEI). Des fonds destinés pour l'essentiel à sortir les campagnes marocaines du sous-développement dans lequel Hassan II les avait laissées. Mais une partie de ces sommes a en réalité servi à financer les barrages construits par Hassan II, qui permettaient d'irriguer des terres qu'il avait parfois confisquées.

La seconde étape du rapprochement entre l'Europe et le Maroc est marquée par la mise en œuvre du programme Méda, qui, à partir de 1996, devient le principal instrument du déploiement du partenariat euro-méditerranéen. Objectif : aider les pays du Sud à réformer leurs structures économiques et sociales. Les aides bondissent alors de 3,4 milliards d'euros, pour la période 1995-1999, à 5,4 milliards, pour 2000-2006. Soit une hausse de près de 60 %.

Baptisé Programme indicatif national et actuellement mis en œuvre dans le cadre du statut avancé du Maroc, cet instrument déploie un véritable feu d'artifice d'aides financières. Rien que pour les années 2011 à 2013, le Maroc devrait toucher 580,50 millions d'euros d'aides[2].

À en croire deux hauts fonctionnaires du Parlement européen de Strasbourg, qui s'expriment sous le sceau

1. *European neighbourhoud and partnership instrument*, Morocco, Strategy Paper 2007-2013.
2. Rapport de mi-parcours du Country Strategy Paper, Morocco, 2007-2013, et Programme indicatif national 2011-2013.

de l'anonymat, la France effectue « un discret mais efficace lobbying en faveur du Maroc[1] ». Paris sait aussi se montrer très généreux avec l'ami marocain. L'aide passe pour l'essentiel par l'AFD, l'Agence française de développement, un organisme public placé sous la tutelle de différents ministères, dont ceux de l'Économie et des Affaires étrangères.

Ainsi, en 2009, 401,4 millions d'euros ont été débloqués en faveur du Maroc (395 millions d'euros d'emprunts, 3,3 millions de subventions, et 3,1 millions de participations sous forme d'actions). En 2010, les aides françaises accusent une légère baisse mais atteignent tout de même 363,4 millions d'euros[2]. Est-ce la première des priorités en période de crise financière et économique ? On peut en douter, d'autant que l'argument consistant à vouloir protéger le Maroc de l'islamisme, en le plaçant sous perfusion financière pour accélérer son développement, est désormais moins convaincant : en novembre 2011, les islamistes marocains ont, en toute légalité, remporté les élections législatives...

Les responsables de l'AFD n'ayant pas donné suite à nos demandes d'interviews – pas plus que ceux de la BEI, d'ailleurs –, les critères d'affectation des budgets européens nous sont demeurés inconnus. De même que, dans le cas de l'AFD, il est impossible de savoir si la présence au sein du conseil d'administration d'Omar Kabbaj, un économiste respecté mais surtout conseiller du roi Mohammed VI, pèse dans les décisions de cette vénérable institution.

1. Entretien avec l'un des auteurs, Paris, novembre 2011.
2. AFD, rapport annuel, 2010.

La dernière édition du rapport annuel de l'AFD indique donc qu'en 2010 le Maroc est le pays le mieux financé de la Méditerranée/Moyen-Orient avec 363,4 millions d'euros. Mieux que l'Irak, pourtant en pleine reconstruction et où les entreprises françaises pourraient prétendre à des parts de marché significatives. De surcroît, l'affectation des budgets et aides récentes de l'AFD laisse songeur. Sont en effet ciblés en priorité des secteurs économiques qui intéressent au plus haut point le roi Mohammed VI. Parfois à titre personnel. Le dossier le plus emblématique (et le plus contesté) est celui du financement d'une ligne de TGV reliant Casablanca et Tanger, sur la Méditerranée, où Mohammed VI fait construire le plus grand port d'Afrique, Tanger Med.

Le TGV, un caprice royal

Les travaux de ce chantier ferroviaire pharaonique ont été inaugurés en grande pompe en présence de Nicolas Sarkozy et du souverain alaouite, le 29 septembre 2011. Les deux chefs d'État se sont empressés de célébrer l'indestructible amitié franco-marocaine, mais ils se sont bien gardés de rappeler que le budget du TGV royal est passé d'un coup de baguette magique de 2 à 3 milliards d'euros ! Et ce n'est pas là le seul dérapage.

Cette victoire du TGV est digne d'une république bananière. On raconte volontiers que Mohammed VI cherchait à consoler la France de l'achat, en 2007, d'avions de chasse F16 américains (et non du Rafale), en octroyant le marché du TGV à des sociétés françaises. La réalité est plus triviale. Selon différentes sources concordantes, un véritable caprice royal serait à l'origine du TGV. « Mohammed VI voulait son train à grande vitesse. Point final[1] », commente ce financier qui a suivi le dossier de près.

Le fait que le train à grande vitesse ne figure guère dans les plans de développement de l'ONCF, les chemins de fer marocains, conforte l'hypothèse d'une lubie royale. Plus étonnant encore, l'édition 2010 du rapport annuel de cette entreprise publique indique qu'elle allait achever la mise en place d'une liaison rapide entre Casablanca et Tanger. On y lit que ce projet a « nécessité une enveloppe de 1,8 milliard de dirhams » et permet « la réduction d'une heure sur le temps de parcours sur l'axe Tanger-Casablanca ». Voilà qui pose la question même de la raison d'être du TGV, puisque cette liaison rapide est déjà doublée d'une autoroute flambant neuve... et vide, les Marocains préférant la route nationale, gratuite.

L'indignation est totale et s'étend des islamistes à l'extrême gauche. Ainsi, pour Najib Boulif, député islamiste du PJD, nommé depuis lors ministre délégué chargé des Affaires générales et de la Gouvernance, « les Marocains n'ont pas besoin de gagner encore autant de temps avec le TGV. Ils vont déjà gagner deux heures sur un Casablanca-Tanger et iront les passer à la terrasse d'un café. Il aurait plutôt fallu investir pour augmenter les fréquences des trains déjà existants et doubler les rails disponibles au lieu de construire un TGV, qui n'est pas la priorité. Ça n'a pas été un choix indépendant répondant aux besoins du peuple[2] ». Ahmed

---

1. Entretien avec l'un des auteurs, Paris, décembre 2011.
2. Propos recueillis par Axel Tardieu, Tanger, 2011.

Derkaoui, responsable de l'association altermondialiste Attac, constate quant à lui que « des villes comme Agadir, l'est du pays et Ouarzazate, au sud, manquent cruellement de moyens de transport et de connexions avec le reste du Maroc[1] ».

Même les bailleurs de fonds habituels du Maroc partagent l'opinion des protestataires, à commencer par la BEI vers laquelle le royaume s'est pourtant tourné à plusieurs reprises pour financer le caprice ferroviaire de son souverain. Rabat s'est ainsi retrouvé pris à son propre jeu.

En effet, une partie du contrat accordé aux Français l'a été de gré à gré, sans le moindre appel d'offres. Résultat : les Allemands, et dans une moindre mesure les Espagnols, qui construisent aussi des trains à grande vitesse, ne décolèrent pas. Si de l'aveu d'Andres Martinez Fernandez, le responsable du département Investissement de l'ambassade d'Espagne à Rabat, les Espagnols, beaux joueurs, ont donné leur feu vert à un financement par la BEI, il n'en va pas de même des Allemands, qui ont la rancune tenace[2].

Une fois n'est pas coutume, la BEI s'est donc finalement abstenue de subventionner le TGV de Mohammed VI. « Elle a refusé d'octroyer un prêt de 400 millions d'euros, comme le demandaient les Marocains, car ce train n'était pas le projet le plus prioritaire pour développer le pays. De plus, les analystes financiers se sont interrogés tant sur la rentabilité du projet que sur la nécessité de faire circuler des trains subventionnés », reconnaît Eneko Landaburu,

1. *Ibid.*
2. Entretien avec l'un des auteurs, Rabat, septembre 2011.

l'ambassadeur de l'Union européenne au Maroc. De son côté, la BEI avait fait savoir que, quelques mois plus tôt, elle avait validé un prêt de 200 millions d'euros pour le port de Tanger Med 2 et que, au cours de ces trente dernières années, elle avait alloué pas moins de 4,5 milliards d'euros aux projets du Maroc[1] !

Bien embarrassé, le royaume s'est alors tourné vers la France. La suite, un consultant à l'AFD la raconte sous couvert d'anonymat. (Son employeur n'a pas donné suite à nos demandes d'interview.)

« Nicolas Sarkozy a ordonné à Dov Zerah, le directeur général de l'AFD, de donner de l'argent aux Marocains qui voulaient absolument leur TGV, et aussi parce que le royaume serait une vitrine internationale pour ce train. Tout le monde se fiche de la rentabilité du projet. De toute façon, l'AFD a été dévoyée de sa fonction et est devenue le bras financier de l'Élysée en Afrique[2] », assène-t-il. Résultat : un prêt de 220 millions d'euros a été accordé pour aider au financement du TGV marocain.

En réalité, l'agence indique sur son site web[3] que la France finance 50 % du coût initial du TGV, qui était de 1,8 milliard d'euros. Outre l'AFD, les généreux contributeurs hexagonaux sont la Réserve pays émergents[4] (prêt de 625 millions d'euros) et la FASEP[5]

---

1. « TGV marocain ; veto allemand », *Jeune Afrique*, 23 décembre 2010.

2. Entretien avec l'un des auteurs, Paris, décembre 2011.

3. www.afd.fr.

4. La Réserve pays émergents est un système de prêt intergouvernemental avec garantie souveraine qui a pour objectif principal de financer des projets d'infrastructures.

5. FASEP : Fonds d'aide au secteur privé.

(subvention de 75 millions d'euros). Au total, le caprice de Mohammed VI aura coûté près de 1 milliard d'euros aux contribuables français ! Cerise sur le gâteau, ces prêts ne sont même pas rémunérateurs pour les finances tricolores, pourtant en piètre état. Selon l'agence officielle marocaine MAP, leurs taux seraient compris entre 1,2 et 3,6 %, et les délais de remboursement échelonnés de cinq à vingt ans...

Étant incapable de financer le caprice de son roi au-delà de 500 millions d'euros, le Maroc a également fait appel à la générosité arabe, et divers fonds du golfe Persique ont avancé jusqu'à 380 millions d'euros. Si seulement Mohammed VI consacrait la même énergie à financer la construction d'écoles et d'hôpitaux à travers son royaume...

La France, elle, fait figure de dindon de la farce. Non seulement elle n'a pas vendu un seul Rafale au Maroc, mais elle a de surcroît offert un TGV à son roi, le tout en période de crise ! On est décidément bien loin des pratiques néocoloniales, au royaume du Maroc.

Aux frais de la princesse européenne

Le cas du port de Tanger Méditerranée, désigné sous le label de Tanger Med, véritable aspirateur à subventions et aides, mérite lui aussi que l'on s'y attarde. Comme pour le TGV, Mohammed VI s'est personnellement impliqué dans le projet, au point de venir régulièrement jouer les inspecteurs des travaux finis sur le chantier. Certains indices ne trompent guère quant à son rôle, puisqu'il a placé à la tête de l'agence qui coordonne le projet un homme de confiance. Ingénieur des Ponts et Chaussées et familier du business royal, Saïd El-Hadi a en effet longtemps officié au holding royal SNI, dont il a même dirigé la filiale Sonasid.

Pas plus que celle du TGV, le Maroc n'est capable de régler la facture de Tanger Med. Le programme se compose en réalité de deux projets : Tanger Med 1, d'une capacité de 3 millions de containers, et Tanger Med 2, prévu pour 5,2 millions de containers. Contrairement à ce qui s'est passé pour le TGV, la Banque européenne d'investissement (BEI) a accepté d'être mise à contribution pour Tanger, via l'un de ses principaux outils financiers, la FEMIP (Facilité euro-méditerranéenne d'investissement et de partenariat). Selon le rapport annuel de cette institution, la BEI a ainsi prêté, en 2010, 40 millions d'euros pour Tanger Med 1 et 200 millions d'euros pour Tanger Med 2.

Des sommes considérables, qui soulèvent plusieurs questions. Si Tanger Med 1, avec ses terminaux 1 et 2, est incontestablement un succès opérationnel depuis 2007, on ne peut pas en dire autant de Tanger Med 2 (terminaux 3 et 4), que Mohammed VI a imposé. Censé être inauguré courant 2014, le port prend du retard. La cause ? La crise financière et économique, qui fait dire à la directrice de la communication de Tanger Med, Nadia Hachimi Alaoui, ex-rédactrice en chef du *Journal hebdomadaire* : « Tanger Med 2 est décalé de quinze mois, le terminal 4 est maintenu, mais le 3 se fera en fonction de la demande des opérateurs. » Un contretemps majeur, qui dut fort contrarier Mohammed VI : Sa Majesté avait pris ses dispositions pour profiter de l'opération...

À la grande surprise de bon nombre d'intervenants sur Tanger Med, le holding royal SNI s'était en effet vu attribuer, conjointement avec un groupement composé des Singapouriens de la société PSA et des Marocains du groupe Marsa, l'exploitation du terminal 4 de Tanger Med 2. Le résultat de cet appel d'offres n'avait d'ailleurs pas manqué de faire jaser les mauvaises langues, qui pointaient que, contrairement à PSA ou Marsa, SNI n'avait aucune expérience dans le secteur portuaire. Finalement, la crise mondiale aura donc eu raison de ces ambitions. Courant 2008, le holding de Mohammed VI se retirera sur la pointe des pieds du terminal 4, tout comme les Singapouriens de PSA. Seule à rester en lice, la société Marsa deviendra alors l'unique opérateur du terminal, en juin 2009.

À défaut d'exploiter un terminal de Tanger Med, Mohammed VI peut se réconforter en se rappelant à quel point certaines entreprises dont il est actionnaire ont pu profiter de ce port. C'est le cas du sidérurgiste Sonasid (3,9 milliards de dirhams de chiffre d'affaires en 2010), dont la SNI possède 32 % du capital et le géant mondial de l'acier Arcelor Mittal 32 % également. Selon son responsable des ressources humaines, Abdelmajid Tronji, « pour Tanger Med 1, nous avons vendu cinquante et une mille tonnes aux sous-traitants de Bouygues Construction qui a construit le port ». À 6 000 dirhams (600 euros) en moyenne la tonne d'acier, cela représente 306 millions de dirhams (30,6 millions d'euros) pour Sonasid. Bien sûr, la présence de la SNI au capital n'a en rien pesé, si l'on en croit Tronji. « Nos produits répondent à des normes de qualité internationales. Nous sommes une grosse structure grâce à Arcelor et à SNI, qui nous permettent d'investir dans des normes de qualité. De plus, nous sommes très bien implantés commercialement dans tout le Maroc. » En effet.

N'oublions pas Lafarge Maroc, propriété à 50 % de la SNI et à 50 % du cimentier français Lafarge. Le rapport annuel 2008 de cette société implantée au Maroc de longue date est éloquent : Tanger Med est un « chantier majeur » pour l'entreprise, qui a fourni plus de six cent mille tonnes de ciment entre 2003 et 2009. Pour Nadia Hachimi Alaoui, cela coule de source dans la mesure où Lafarge est implantée au nord du pays et que travailler avec elle à Tanger limite les frais logistiques liés au transport du ciment...

Le roi rafle tous les contrats dans le secteur éolien

Tout roi a ses grands projets : les barrages et l'irrigation pour Hassan II, les énergies renouvelables pour son fils. Ces initiatives, très souvent financées par l'étranger, se révèlent bien fructueuses pour les intérêts du monarque.

Le développement des énergies renouvelables est un chantier majeur pour une autre entreprise royale : Nareva.

Créée en 2006 pour jouer les relais de croissance au sein du holding royal ONA, elle est spécialisée dans les nouvelles énergies, le dernier eldorado de Mohammed VI après la grande distribution, le tourisme et l'immobilier.

Autant le dire d'emblée, l'entreprise (où personne ne répond jamais au téléphone) affectionne le secret, et ses responsables déclinent poliment les requêtes des journalistes. « Je vous remercie pour l'intérêt que vous portez à Nareva. Lorsque nous déciderons de communiquer sur notre société et sur nos projets, nous ne manquerons pas de vous contacter », se justifie par mail Ahmed Nakkouch, son P-DG. Cette discrétion traduit-elle un malaise de la part des dirigeants de Nareva ? On observe en effet que, sous l'impulsion de Mohammed VI, le Maroc s'est lancé tous azimuts dans les énergies renouvelables et que Nareva remporte d'importants contrats dans le secteur éolien. Le choix stratégique de ces énergies est pourtant parfaitement fondé.

Contrairement au voisin algérien, le sous-sol marocain ne recèle ni gaz ni pétrole, et le royaume pâtit d'une forte dépendance énergétique. S'orienter vers de nouvelles sources d'énergie à base de vent et de soleil est donc parfaitement logique. On estime même qu'à terme le recours au solaire et à l'éolien combinés permettra d'économiser l'équivalent de 2,5 millions de tonnes de pétrole. Soit 1,25 milliard de dollars d'économies par an, et 9 millions de tonnes de dioxyde de carbone qui ne seront pas rejetées dans l'atmosphère[1].

Ces projets, pensés à l'échelle du pays, sont tous conduits par des hommes choisis par le roi. C'est ainsi que des plans solaire et éolien ont vu le jour. Lancé en 2009, celui qui est consacré au solaire est piloté par la Masen (l'Agence marocaine pour l'énergie solaire), placée sous la direction d'un certain Mustapha Bakkoury, un proche de Fouad Ali El Himma qui avait

1. Blog Green Business, accessible à l'adresse suivante : blog.lefigaro.fr/green-business.

auparavant présidé la CDG. Ce plan a été lancé avec l'éclat qui sied au souverain, en présence de la secrétaire d'État américaine Hillary Clinton, le 2 novembre 2009 à Ouarzazate, dans le sud du royaume.

Pour un investissement de 9 milliards de dollars, il vise à la mise en place d'une capacité de deux mille mégawatts[1] et suscite immédiatement la bienveillance des bailleurs de fonds habituels du royaume alaouite. Ainsi, en juillet 2011, l'Agence française de développement (AFD), encore elle, annonçait qu'elle accordait un financement de 100,3 millions d'euros (100 millions d'euros en prêt, 300 000 euros en subvention) à la Masen[2].

Le potentiel économique du marché solaire n'a bien sûr pas échappé à Nareva, comme en témoigne cette interview du directeur du pôle énergie de la filiale royale au quotidien *Le Soir Échos*, en avril 2010 : « Nareva a des projets solaires dans ses cartons dans le cadre du Plan solaire Maroc de deux gigawatts. Intellectuellement, nous sommes prêts[3]. » Las ! En février 2011, Nareva, qui vient de participer à un appel d'offres pour une importante centrale solaire à Ouarzazate, apprend avec consternation que le groupement qu'elle a constitué avec l'Allemand Siemens n'a pas été retenu.

Une fois n'est pas coutume, la presse locale avance un début d'explication à ce qui s'apparente à un camouflet : Nareva aurait eu les yeux plus gros que le ventre ! « Nareva, qui en 2010 a inauguré deux projets totalisant mille six cents mégawatts de capacité, n'aurait visible-

1. Masen, www.masen.org.ma.
2. Communiqué de presse de l'AFD du 8 juillet 2011.
3. « Ferme éolienne d'Akhfenir : les travaux pour juin 2010 », *Le Soir Échos*, 19 avril 2010.

ment pas eu la capacité financière pour une troisième centrale. Nareva devra lancer les deux centrales qu'elle a entre les mains avant de prétendre à autre chose. »

Heureusement, la filiale de SNI-ONA peut compter sur le secteur éolien pour se rattraper, car dans ce domaine aussi Mohammed VI voit les choses en grand et a des ambitions immenses. En juin 2010, le monarque inaugure ainsi un Programme marocain intégré d'énergie éolienne, doté d'une enveloppe de 3,5 milliards de dollars. Au menu : cinq nouveaux parcs éoliens pour faire grimper la puissance électrique éolienne marocaine de deux cent quatre-vingts à deux mille mégawatts[1]. Ces projets seront réalisés dans le cadre de partenariats publics-privés, et chacun d'entre eux nécessitera la création d'une société où l'Office national de l'électricité (ONE) sera présent. Une aubaine pour Nareva, qui entretient des relations privilégiées avec cet organisme public stratégique pour tout ce qui touche à l'énergie. Il est en effet dirigé par un pion de Mounir Majidi, le fidèle Ali Fassi Fihri. Mieux encore, l'actuel P-DG de Nareva, Ahmed Nakkouch, a longtemps dirigé l'ONE, dont il connaît parfaitement la politique... d'énergies renouvelables.

Est-ce le fruit de ses compétences industrielles ou de ses relations privilégiées avec l'ONE, ou les deux à la fois ? Quoi qu'il en soit, en avril 2010, Nareva signe avec le groupe français Alstom (qui construit le TGV) un accord pour la réalisation d'un parc éolien à Akhfenir, une localité qui se trouve à quatre cents kilomètres au sud d'Agadir. Ses soixante et une éoliennes produiront

1. *Ibid.*

cent mégawatts, qui alimenteront essentiellement des industriels privés dans le cadre d'un programme énergétique de... l'ONE.

Autre projet éolien d'envergure de Nareva où l'ONE a eu son mot à dire : celui du parc éolien de Tarfaya, dans le grand sud du Maroc, dont la puissance atteint les deux cents mégawatts. Sans surprise, l'ONE a choisi le groupement composé de Nareva et du britannique International Power (IP), à l'issue d'un appel d'offres. Pour écarter le concurrent de l'entreprise royale, en l'occurrence GDF-Suez, l'ONE aurait prétendu que cette dernière offre était sous-capitalisée. Le fait, en revanche, que le projet de Nareva soit financé à 75 % par des crédits bancaires ne semble avoir posé aucun problème[1]... Les voies de l'ONE sont décidément impénétrables.

Le roi vend son électricité... aux Marocains

Que Nareva ait indirectement recours à de l'argent public ne constitue pas non plus une surprise. La filiale de SNI-ONA est coutumière du fait. Certaines structures publiques ont ainsi annoncé, par voie de presse, qu'une partie de l'électricité éolienne produite par Nareva (qui versera une redevance mensuelle à l'ONE) sera vendue à sept clients industriels. Or, à une exception près, ceux-ci entretiennent des relations d'affaires avec le roi ou sont des organismes publics[2] : l'ONDA (office des

---

1. « BP et AWB financent l'éolien de Tarfaya », *Les Échos* (Maroc), 27 avril 2011.
2. « Nareva Holding devient fournisseur indépendant d'électricité », *La Vie éco*, 26 avril 2010.

aéroports), l'ONCF (chemins de fer), l'ONEP (office de l'eau), la SAMIR (pétrole), Lafarge (ciment), l'OCP (phosphates) et la SONASID (acier).

Le cas de l'ONEP (eau) est à proprement parler scandaleux. En effet, l'ONE a absorbé il y a quelques années l'ONEP, et l'on se retrouve donc dans le cas de figure inédit où l'ONEP va acheter au privé Nareva de l'électricité alors que le métier de sa maison mère, l'ONE, est d'en produire !

« Le secteur des énergies renouvelables est en pleine structuration. Alors que le Palais tente de camoufler les monopoles de SNI-ONA, encore trop nombreux dans l'économie traditionnelle, nous sommes exactement dans la situation inverse avec Nareva et l'éolien[1] », décryptait à l'été 2010 un observateur avisé des manœuvres économiques du Palais. Mais la plus grosse surprise restait à venir.

En effet, quelques mois plus tard, en novembre 2010, Nareva annonce ce qui constitue son plus gros succès économique à ce jour : le marché de la centrale à charbon de Safi, dont les enjeux sont colossaux puisqu'elle fournira à terme 27 % de la consommation électrique du Maroc. Cette fois, ce ne sont pas des sociétés publiques qui seront contraintes de s'approvisionner chez Nareva… mais les Marocains eux-mêmes ! Sans expérience significative dans le charbon, Nareva était-elle de taille à remporter pareil appel d'offres ? La question est évidemment peu pertinente dès lors qu'il s'agit d'une société où le roi en personne a des intérêts. On remarquera au passage que, pour l'emporter face

1. Entretien avec l'un des auteurs, Casablanca, 2011.

au consortium franco-chinois composé d'EDF et de Datang, Nareva s'est de nouveau associée au britannique International Power (IP), donc indirectement avec GDF-Suez qui a, entre-temps, racheté IP. Et pendant qu'EDF digère ce camouflet, Nareva peut se réjouir de s'être assuré d'un marché captif avec l'ONE, qui est devenu son client principal.

Encore un petit effort, et cette prometteuse filiale de SNI-ONA finira sans doute par décrocher un contrat important dans le solaire et par s'imposer comme l'unique acteur marocain des énergies renouvelables du royaume. Un destin royal, on en conviendra.

CHAPITRE XIII

C'est le peuple qui enrichit le roi

Il s'agit d'un gala de charité donné par le patronat marocain pour favoriser la réinsertion de jeunes délinquants. Industriels, banquiers, politiques, tous se pressent dans la salle où se déroule la vente aux enchères pour assister au clou de l'événement : une montre offerte par Mohammed VI, qui sera adjugée dans quelques minutes. Le marteau du commissaire-priseur s'agite au gré des mains qui se lèvent pour surenchérir. Dans un recoin de la salle, un homme dont le front est luisant de sueur paraît commenter à voix basse le déroulement de la vente, un portable collé à l'oreille. Toute l'assistance reconnaît Mounir Majidi. Le secrétaire particulier de Mohammed VI venu pour informer le roi du prix auquel sa montre sera vendue et lui indiquer l'identité de l'acquéreur. L'adjudication terminée, il éteint son portable et quitte immédiatement la salle.

Cette intrusion du roi, cette façon de s'inviter indirectement à la manifestation visait tout à la fois à narguer un patronat marocain qu'il se plaît à marginaliser chaque fois un peu plus et à prendre la mesure de l'accueil qui était réservé à son don. Bref, à mesurer l'« esprit de courtisanerie » du moment.

Mohammed VI, s'il se conduit en effet volontiers en entrepreneur, déteste le monde des affaires marocains et, d'une façon plus large, la grande bourgeoisie de son pays. Un préjugé qu'il a hérité de son père. Durant les tumultueuses années 1960 et 1970, la bourgeoisie marocaine avait été, il faut le dire, l'un des plus farouches adversaires de la monarchie. Hassan II en avait conservé une profonde rancœur, qu'il avait ensuite inculquée à son fils. Et il est fort probable que cette prétention royale à la mainmise sur l'économie est alimentée par le désir de punir le monde des affaires.

Brecht, dans une formule célèbre, évoquait ces dictateurs rendus furieux par leur peuple rebelle et qui aspiraient tout simplement à changer de peuple. Mohammed VI pousse la vanité aussi loin en prétendant se substituer aux dirigeants économiques et financiers. Il souhaiterait même passer pour un monarque épris de modernité, mais les pesanteurs attachées au Makhzen l'en empêchent trop souvent.

Un exemple. La Poste, structurellement déficitaire, édite depuis onze ans un timbre destiné à collecter des fonds pour la Fondation Mohammed V et ses projets à caractère humanitaire, social, et axés sur le développement durable. Un véritable détournement de fonds publics au profit d'une opération de marketing social. Les acheteurs de timbres, comme les hommes d'affaires qui se pressent à la vente aux enchères évoquée plus haut, savent qu'ils n'ont pas le choix. Comme le résume un responsable de l'appareil d'État : « Au Maroc, quand il y a un prix à payer, c'est au gouvernement de l'acquitter ; quand il y a un hommage à recueillir, c'est au roi et à ses fondations d'en bénéficier. »

Ce fut le cas en février 2004, lorsque la localité

d'Al-Hoceima, dans le nord du pays, fut dévastée par un violent tremblement de terre. Le bilan fut de plus de six cents morts, et Mohammed VI planta sa tente pendant plusieurs jours sur les lieux du drame. Cette image, que le pays et le monde retiendront, est pourtant bien décalée par rapport à la réalité. Au cours des premières heures, alors que le ministre de l'Intérieur, Driss Jettou, s'employait sur le tarmac de l'aéroport à coordonner les secours, la présidente de la Fondation Mohammed V lui intima l'ordre de tout stopper pour permettre à l'aide de la Fondation de se déployer la première sur le terrain. L'assistance aux populations s'en trouva retardée de vingt-quatre heures. La préséance avant l'efficacité.

« Ça ne peut plus durer ! »

En 2010, Mohammed VI va enfin donner son feu vert à la fusion entre les deux holdings qu'il contrôle, l'ONA et la SNI. Un témoin qui évolue au Palais considère que, cette fois, les limites sont dépassées : « La monopolisation de l'économie au profit de la maison royale, estime-t-il, étouffe le pays. Certains patrons partagent l'analyse du mouvement du 20-Février : ça ne peut plus durer. » Mais, prisonnier de ses caprices et de ses conseillers, qui dressent entre lui et le monde extérieur un mur infranchissable, Mohammed VI ne perçoit rien des critiques, ou préfère les ignorer.

Cette fusion de l'ONA et de SNI, si souvent annoncée et toujours reportée, va très vite révéler son essence : un véritable tour de prestidigitation. Son objectif : escamoter aux regards trop curieux la puissance économique du roi et lui permettre d'échapper à tout contrôle.

Premier motif d'étonnement : Lazard, la banque conseil qui accompagne cette opération, la plus importante que la Bourse marocaine ait jamais connue, ne mentionne pas une seule fois, dans son rapport de cinq cent cinquante pages, que l'opération engage deux entités appartenant au roi. Une discrétion d'autant plus surprenante quand on sait que la capitalisation boursière cumulée de l'ONA, de la SNI et de leurs filiales s'élève à 30 milliards de dirhams (3 milliards d'euros).

En outre, si la rumeur d'une fusion courait depuis près de trois ans, sa mise en œuvre aura surpris tout le monde. En effet, contrairement à toutes les attentes, c'est le géant ONA qui est absorbé par son holding SNI, structure pourtant beaucoup plus modeste et dépourvue de trésorerie. Au moment de la fusion, son endettement net culmine à 8,8 milliards de dirhams, ce qui représente 98 % de ses fonds propres[1], et elle affiche une trésorerie négative de 600 millions de dirhams. En outre, face aux trente mille salariés de l'ONA, la SNI, si l'on en croit un homme qui évolue dans les arcanes du palais, regroupe… quinze personnes seulement.

Le 25 mars 2010, le conseil d'administration de l'ONA, prévu de longue date, est prêt à ouvrir sa séance. Les membres habituels du conseil, surpris, constatent la présence de Mounir Majidi et d'Hassan Bouhemou. L'annonce qui va leur être faite laissera tous les participants stupéfaits. L'ONA est sur le point

---

1. Fahd Iraqi, « SNI-ONA… et autres sociétés royales », *Tel-Quel*, n° 425.

d'être absorbé par sa maison mère, la SNI. Personne n'a été informé au préalable de cette décision, et surtout pas le P-DG de l'ONA, qui tentera pathétiquement de faire croire qu'il était au courant.

Le lendemain, dès l'ouverture de la Bourse, à Casablanca, les actions de l'ONA, de la SNI et de leurs dizaines de filiales sont suspendues de cotation. L'annonce de la fusion prochaine est officialisée par un communiqué en début d'après-midi.

Quatre jours plus tard, le 30 mars, pur hasard probablement, la banque Al-Maghrib, qui est à la fois, on s'en souvient, au prix d'une confusion des genres incroyable, la Banque centrale du pays et l'une des banques sous influence royale, abaisse le taux de réserve obligatoire des banques de 8 à 6 %, probablement afin qu'elles puissent prêter plus facilement au nouveau groupe. En outre, la loi de finances votée pour 2010 a allégé le poids des impôts à payer en cas de fusion d'entreprises ou d'absorption.

Le gendarme de la Bourse autorise bientôt les deux OPR (Offres publiques de retrait) portant sur les actions SNI et ONA, première étape vers la prochaine fusion. Et cette opération aurait coûté près de 24 milliards de dirhams (2,4 milliards d'euros) au groupe royal, si des partenaires historiques étrangers n'étaient venus spontanément alléger le montant de la facture. Lafarge, Danone, Axa, Banco Santander participent ainsi au tour de table, non pas en investissant mais en maintenant leurs participations existantes. Une coopération décrite par l'entourage royal comme exemplaire, mais qui continue à faire grincer des dents à Paris. Un responsable français proche du dossier évoque ainsi l'« illusion d'une présence française. Le Maroc, dit-il, ne sera plus un eldorado pour les entreprises françaises, qui seront désormais soumises aux pressions de l'entourage du roi[1] ».

Plusieurs proches du dossier confirmeront que les sociétés de l'Hexagone se sont fait « tordre le bras » pour entrer ou rester dans le capital de la nouvelle entité. Il est clair également que le nouveau mastodonte en train de naître sera l'interlocuteur incontournable de tous les investisseurs étrangers désirant s'implanter au Maroc. Mais qui en a encore envie ?

Autre avantage, en se retirant de la Bourse, la nouvelle entité échappe à toutes les règles et contraintes de transparence. Elle pourra ainsi investir librement où elle le veut, créer des entités nouvelles sans avoir à révéler la nature ni l'ampleur de ses acquisitions. Désormais, la pieuvre royale pourra étendre ses tentacules à l'abri des regards. Seul mystère : comment cette opération a-t-elle été financée, côté Palais ?

2 milliards d'euros

Les choix opérés pour réaliser cette fusion révèlent des réalités surprenantes. Siger, le holding royal créé en janvier 2002, appartiendrait exclusivement à Mohammed VI et contrôlerait 50 % de l'ONA. Autre coquille presque vide : SAR Invest. Cette structure d'investissement, découverte à l'occasion de la fusion, porte l'estampille « Son Altesse Royale », qui caractérise les entreprises de la famille royale. Son extension, Group Invest, fut un des initiateurs de l'offre publique

---

1. Entretien avec l'un des auteurs, Paris, novembre 2011.

de rachat, qui passait par l'acquisition de près de huit millions de titres SNI-ONA. Or elle ne dispose que d'un capital extrêmement modeste de 300 000 dirhams (30 000 euros), ce qui lui permettait tout juste de se payer cent cinquante titres de la SNI...[1]

C'est également le cas pour Copropar. Ce fonds racheté en 2003 par Ergis, un autre holding appartenant au roi, a été choisi pour détenir le capital du nouveau groupe et en assurer le contrôle.

Bref, cette fusion a été conçue comme une véritable cascade d'absorption du plus gros par le plus petit. Le géant ONA est absorbé par la modeste SNI, et le nouvel ensemble est à son tour aspiré par une minuscule entité inconnue de tous, Copropar, détenue à 40 % par quatre fonds qui fleurent bon l'offshore : Providence holding SA, Unihold holding SA, Yano Participation et Star Finance, dont il est évidemment impossible de connaître les propriétaires[2].

Copropar est une coquille d'un vide impressionnant : elle ne possède aucun salarié, alors qu'elle est censée mobiliser 7,7 milliards de dirhams (770 millions d'euros) pour acquérir 37 % du capital de SNI, qui sera son unique participation. Un montant trois fois plus important que le montant des fonds propres de ce holding... aux actionnaires inconnus.

Le 31 décembre 2010, la fusion est achevée et Hassan Bouhemou coiffe le nouvel ensemble dont le fonctionnement demeure parfaitement opaque. Les rares informations qui filtrent en provenance du Palais indiquent que le roi contrôlerait près de 70 % du nouvel ensemble.

1. *Ibid.*
2. *Ibid.*

Ce flou n'a pas empêché l'autorité des marchés d'accorder son feu vert à une fusion d'une ampleur considérable (22 milliards de dirhams), menée par des structures en apparence dépourvues des fonds nécessaires et dont les propriétaires sont inconnus.

Autre point intéressant. Pour réaliser la fusion, la SNI a été autorisée à lever 8 milliards de dirhams (800 millions d'euros) sur le marché obligataire pour une période de cinq ans. Les banques marocaines ont toutes été « autorisées » par la Banque centrale à accorder des crédits supplémentaires au nouvel ensemble. On a demandé de surcroît aux caisses de retraite de maintenir leur participation. Elles se seront évidemment exécutées sans discuter. Mais il est pour le moins insolite de constater que des fonds de retraite détiennent des participations dans des sociétés non cotées.

Autre point surprenant : l'emprunt émis pour financer l'opération a été souscrit par toutes les organisations institutionnelles du pays – compagnies d'assurances, CDG, caisses de retraite et banques. Bref, une fois encore, le roi a mis à contribution les financements publics et parapublics. En laissant entier un grand mystère : Mohammed VI et sa famille, qui possèdent ce nouveau géant, l'ont-ils financé, et si oui à quelle hauteur ?

Chaque jour, le peuple enrichit le roi

En pilotant cette fusion, Majidi et Bouhemou visent également à opérer des retraits stratégiques. En effet, certains secteurs de l'économie sont devenus trop sensibles politiquement, notamment lorsque les entreprises royales y sont en situation de quasi-monopole tout en bénéficiant de subventions massives de l'État marocain. Des subventions qui portent sur des produits de première nécessité mais qui, du coup, bénéficient davantage au roi qu'à la population pauvre du pays. Mieux vaut se tourner alors vers des activités régulées comme les banques, l'énergie ou les télécoms.

Des secteurs où la capacité à générer des profits n'est pas entravée par la concurrence et découle de la bonne négociation avec l'État.

C'est ainsi que le gouvernement et l'administration marocaine octroient de plus en plus de passe-droits aux entreprises de Mohammed VI, quand trente-deux millions de Marocains ne sont plus seulement les sujets du souverain mais aussi ses clients : électricité, télé-phonie, alimentation, etc., tous s'approvisionnent auprès de ses sociétés. Une forme habile et insidieuse de ce que d'aucuns nomment le « nouvel impôt royal ». Un système économique non pas « étatisé » mais en quelque sorte « royalisé ».

Le Maroc est bel et bien devenu un cas unique. La plupart des dirigeants pillent leur pays en confisquant à leur peuple les richesses. Au Maroc c'est le peuple qui, chaque jour que Dieu fait, enrichit le roi en achetant les produits de ses entreprises.

Épilogue

Une France silencieuse et coupable

Vendredi 25 novembre 2011, les élections législatives se déroulent dans le calme au Maroc. L'enjeu est de taille : les islamistes modérés du PJD (Parti de la justice et du développement) remporteront-ils le scrutin, et leur leader, Abdelilah Benkirane, sera-t-il nommé Premier ministre par le roi ? À l'été 2011, les cadres dirigeants de ce parti, sincèrement épris de démocratie pour la plupart, n'y croyaient pas. « Même si le PJD est majoritaire, nous n'arriverons pas à constituer un gouvernement car les autres partis refuseront de collaborer avec nous et, face à cet échec, le roi changera de Premier ministre[1] », expliquait l'un d'eux.

Dans un système politique où, depuis Hassan II, les résultats des élections ont souvent été plus ou moins manipulés par le ministère de l'Intérieur, en fonction des intérêts du Palais, ce dernier reste le maître du jeu. Or il est de notoriété publique que Mohammed VI et son conseiller, Fouad Ali El Himma, éprouvent tous deux une aversion profonde pour les islamistes.

Dans l'ombre du Makhzen, un homme se tient alors prêt à assumer le poste de Premier ministre : le ministre

1. Entretien avec l'un des auteurs, Rabat, septembre 2011.

de l'Économie et des Finances, Salaheddine Mézouar, qui dirige aussi le parti du RNI, le Rassemblement national des indépendants. D'indépendant, cette formation politique n'a que le nom puisque, créée par Hassan II dans les années 1970, elle est toujours restée inféodée à la monarchie. Il se dit que *L'Observateur*, une publication marocaine, aurait même préparé une une annonçant l'arrivée de Mézouar à la tête du gouvernement... C'était sans compter le revirement de dernière minute opéré par Mohammed VI. Quarante-huit heures après l'annonce officielle de la victoire des islamistes du PJD, le roi charge Abdelilah Benkirane de composer le nouveau gouvernement.

Cet islamiste est considéré au Maroc comme un personnage insaisissable et ambigu par la plupart des observateurs. Il s'est par exemple opposé à ce que son parti participe aux manifestations du mouvement du 20-Février, alors qu'il avait déclaré à plusieurs reprises, lors de ses meetings, qu'il fallait chasser El Himma et Majidi du pouvoir.

Le Palais sait pertinemment que le choix de Benkirane comme Premier ministre ne présente aucun risque. L'homme a toujours clamé être un fervent supporter de l'institution monarchique, et si ses relations avec El Himma sont exécrables, il entretient des liens privilégiés avec le général Hosni Benslimane, le patron de la gendarmerie royale, considéré comme le meilleur gardien de la monarchie. Benkirane a été en réalité implicitement adoubé par le Makhzen, et le pouvoir royal se prépare à instrumentaliser son parti avec la même aisance qu'il l'a fait autrefois avec un parti de gauche, l'USFP. C'est que Benkirane, l'islamiste de

Sa Majesté, est un homme dont toute la carrière s'est faite, depuis plus de douze ans, à l'ombre du Palais.

98 % de « oui » !

Cette volte-face de Mohammed VI a mis provisoirement un terme aux hésitations et tensions générées par les révoltes dans le monde arabe que le roi peine à comprendre. Ainsi, en janvier 2011, alors que le président tunisien Ben Ali quitte le pouvoir et s'enfuit avec sa famille en Arabie Saoudite, le journaliste marocain Ali Lmrabet annonce que Mohammed VI est arrivé en France, dans son château de Betz, situé dans l'Oise et acheté par Hassan II. Le site internet Rue89 relaie l'information[1], précisant que « Mohammed VI serait arrivé très discrètement » et « sans sa famille ». De part et d'autre de la Méditerranée, on évoque la crainte éprouvée par le souverain que les révolutions tunisienne et égyptienne ne contaminent son royaume…

Ce sera le cas d'ailleurs, comme en témoignera le mouvement de contestation qui débute le 20 février 2011, mais avec une intensité bien moindre. À compter de cette date, à intervalle régulier, des milliers de manifestants pacifiques battent le pavé en avançant des revendications très hétéroclites : la libération des prisonniers politiques, des élections libres, une monarchie parlementaire à l'image de l'Espagne ou du Royaume-Uni, la lutte contre la corruption, une meilleure répartition des richesses…

L'absence de leaders autant que l'hétérogénéité des

1. Pierre Haski, « Le discret voyage du roi du Maroc dans son château de l'Oise », www.rue89.com, 29 janvier 2011.

revendications empêchent le Maroc de basculer dans le processus révolutionnaire. Une diversité qui caractérise aussi les sensibilités politiques des manifestants. On y recense, jusqu'en décembre 2011, de (nombreux) islamistes du mouvement Justice et Spiritualité, non autorisé mais toléré, considéré comme le plus puissant du pays, des militants d'extrême gauche, qui penchent pour la laïcité, et des « cyber-militants » indépendants.

Face à ces manifestants, la répression policière est au rendez-vous, et de nombreux cortèges seront dispersés dans la violence, faisant au moins sept morts sur plusieurs semaines. Mais c'est l'attitude de Mohammed VI qui soulève le plus d'inquiétude et d'indignation. Face à la crise, son manque de sens politique et ses hésitations sont apparus au grand jour. Sur un ton martial, il déclare ainsi, le lundi 21 février 2011, qu'il ne cédera pas « à la démagogie et à l'improvisation », pour, le 9 mars, faire marche arrière et annoncer une « réforme constitution-nelle globale » qu'il voudrait soumettre à référendum…

Comme l'on pouvait s'y attendre, la nouvelle Consti-tution, rendue publique en juin, ne répond pas aux attentes des manifestants. Si le Premier ministre sera dorénavant issu du parti ayant remporté les élections, et non plus nommé arbitrairement par le roi, l'essentiel des pouvoirs de Mohammed VI est préservé. Il garde la haute main sur la totalité des affaires religieuses et militaires, préside le Conseil des ministres, décide de toutes les nominations dans la haute fonction publique et l'administration, définit les orientations stratégiques de l'État et choisit les textes de loi soumis au Parlement. Alors que les manifestants du 20-Février réclamaient que la personne du roi ne fût plus considérée comme sacrée, le mot « sacralité » est simplement remplacé par

« inviolabilité » et « obligation de respect ». Un affront qui dit le mépris dans lequel le Palais tient le peuple. Un dédain que Mohammed VI prendra soin d'afficher à maintes reprises dans les mois qui suivront.

Le 1er juillet 2011, les Marocains sont appelés à voter dans le cadre d'un référendum destiné à valider la nouvelle Constitution. Dans un contexte social tendu, et tandis que le mouvement du 20-Février appelle au boycott et que les manifestations continuent à travers le Maroc, le ministère de l'Intérieur annonce que 98 % des électeurs ont voté « oui »... Un score affligeant, digne de la Corée du Nord, qui suscite l'indignation et les moqueries. Un score, surtout, qui trahit à la fois l'inquiétude qui règne au Palais et l'absence de détermination à faire évoluer le système vers la démocratie.

Au début du mois de décembre 2011, Mohammed VI s'empresse de nommer vingt-huit ambassadeurs, qui se hâtent à leur tour de prêter serment. Le nouveau gouvernement de l'islamiste Benkirane est en cours de formation, et ces nominations s'apparentent à un viol... de la nouvelle Constitution. Le 7 décembre 2011, l'agence de presse officielle MAP provoque un choc en annonçant la nomination de Fouad Ali El Himma, l'ami du roi, au poste de conseiller au cabinet royal. Avec celui de Mounir Majidi, le nom d'El Himma est pourtant fréquemment conspué par les manifestants, qui voient en lui l'un des responsables de l'impasse politique et économique dans laquelle se trouve le pays. En outre, El Himma n'est-il pas directement responsable de l'échec électoral du parti politique créé par le roi, le fameux PAM, qu'il a dirigé jusqu'en mai 2011 ? Mais il est vrai qu'au Maroc l'incompétence est souvent récompensée, pourvu qu'elle soit contrebalancée par une fidélité à toute épreuve.

Cette nomination, qui relève exclusivement de Mohammed VI, n'est en fait que la partie émergée de l'iceberg. Depuis le référendum du 1ᵉʳ juillet 2011, le souverain étoffe discrètement son cabinet royal, qui comptait jusqu'alors cinq membres et s'apparente désormais à un contre-gouvernement de près de dix membres. Dans un premier temps, le juriste Abdeltif Memouni et l'ambassadeur du Maroc en France, El Mostafa Sahel, pourtant malade, ont rejoint le cabinet.

Le 29 novembre 2011, le jour même où Mohammed VI a demandé à Abdelilah Benkirane de former un gouvernement, le Palais annonce l'arrivée d'un nouveau conseiller. Il s'agit d'un ancien ministre de la Justice, ambassadeur du Maroc en Espagne et spécialiste de la régionalisation, un concept cher au roi : Omar Azziman. Le 6 décembre, c'est au tour du ministre du Tourisme, Yassir Zenagui, d'avoir cet honneur. Du haut de ses 41 ans, le jeune ministre n'a pourtant vraiment pas l'étoffe d'un conseiller royal, mais son grand mérite est d'avoir signé, quelque temps auparavant, des accords portant sur des investissements qataris, émiratis et koweïtiens, d'un montant de 2 milliards d'euros, en vue de développer le tourisme au Maroc.

La France aveugle, sourde et muette

En constituant un véritable gouvernement parallèle pour contrer et humilier le nouveau Premier ministre qu'il a nommé, Mohammed VI fait la preuve de son immaturité politique. Il montre aussi qu'il est dorénavant à contre-courant des aspirations et des mouvements de fond qui agitent les sociétés des pays arabes et musulmans. Ces signaux inquiétants n'entament pourtant en rien l'enthousiasme de la France pour le Maroc, perçu comme un royaume stable. Pas plus que l'immolation par le feu, le 18 janvier 2012, d'un jeune diplômé chômeur de 27 ans, Abdelwahab Zeidoun, décédé quelques jours plus tard. En réalité, le Palais envoie des signaux contradictoires. À la surprise générale, en février 2012, une grâce royale a été accordée à des personnalités aussi diverses que des islamistes radicaux, le boxeur Zakaria Moumni et... l'ancien banquier Khalid Oudghiri dont nous avons longuement évoqué le cas.

Jacques Chirac puis Nicolas Sarkozy n'auront cessé de chanter les louanges de Mohammed VI et de vanter l'amitié franco-marocaine dont les enjeux, notamment économiques, ne pèsent pourtant plus très lourd. En septembre 2011, lors du coup d'envoi des travaux du TGV à Tanger, en présence de Mohammed VI, Nicolas Sarkozy déclarait ainsi : « La France a eu l'occasion, à de nombreuses reprises, de dire combien elle saluait la vision exprimée par le roi ; combien elle se réjouissait du succès exceptionnel du référendum portant réforme de la Constitution et de la marche continue du Maroc vers la démocratie. »

Un discours empreint d'aveuglement, qui rappelle celui qu'avait prononcé le même Président lors d'une visite d'État en Tunisie, en avril 2008. La suite est connue : la France ne verra pas surgir la révolution tunisienne et se retrouvera en porte-à-faux dans ce pays. Jean-David Lévitte, le conseiller diplomatique de l'Élysée, expliquait pourtant doctement que « des trois pays du Maghreb, la Tunisie [était] celui avec lequel nous [entretenions] la relation la plus apaisée ». En sera-t-il de même avec le Maroc, à l'heure où la préoccupation principale de l'ambassadeur de France à Rabat, l'ancien « monsieur Afrique » de Nicolas Sarkozy, Bruno Joubert, est de vendre du nucléaire aux Marocains ? Après le TGV, l'EPR…

En réalité, les relations franco-marocaines sont devenues sans objet. Paris et Rabat ne présentent plus guère d'intérêt l'un pour l'autre. Le régime marocain s'éloigne inexorablement de Paris, sans pour autant s'assurer d'un autre point d'appui. Rabat dérive lentement vers le golfe Persique, tandis que les élites françaises se consolent moins à Marrakech. Les réseaux tissés sous Hassan II se sont dissous et n'ont pas été remplacés.

Dans les faits, le soutien mécanique de la France au Maroc traduit la perte d'influence de Paris en Afrique. À l'image des États-Unis dans les années 1970, qui s'évertuaient à soutenir le shah d'Iran alors que les prémices de la révolution de l'ayatollah Khomeini se faisaient déjà sentir.

Mais contrairement aux Américains, qui savent en général tirer la leçon de leurs échecs, la France, souvent arrogante et confite dans son immobilisme, fait penser aux trois singes du proverbe, qui « ne voient, ne parlent ni n'entendent ».

Rares sont les diplomates hexagonaux, au Quai d'Orsay ou à l'Élysée, qui travaillent en profondeur sur les soubresauts et les révolutions en cours dans le monde arabe. Au Maroc, la situation est plus grave encore. Alors que les diplomates de l'ambassade des États-Unis rencontrent et tissent des liens avec l'ensemble des acteurs de la société civile, y compris avec les islamistes, les Français, eux, préfèrent singer le Makhzen dans ce qu'il a de plus vil : l'attitude du serviteur qui ne bronche jamais et acquiesce en permanence.

Table

CATHERINE GRACIET

Quand le Maroc sera islamiste
(avec Nicolas Beau)
La Découverte, 2006

La Régente de Carthage
(avec Nicolas Beau)
La Découverte, 2009

ÉRIC LAURENT

Vodka Cola
(en collaboration avec Charles Levinson)
Stock, 1977

La Puce et les Géants
Fayard, 1983

La Corde pour les pendre
Fayard, 1985

Karl Marx Avenue
roman
Olivier Orban, 1987

Un espion en exil
roman
Olivier Orban, 1988

Guerre du Golfe
(en collaboration avec Pierre Salinger)
Olivier Orban, 1990

Tempête du désert
Olivier Orban, 1991

La Mémoire d'un roi
Entretiens avec Hassan II
Plon, 1993

Les Fous de la paix
(en collaboration avec Marek Halter)
Plon/Laffont, 1994

Guerre du Kosovo
Plon, 1999

Le Grand Mensonge
Plon, 2001

La Guerre des Bush
Plon, 2003

Le Monde secret de Bush
Plon, 2003

La Face cachée du 11-Septembre
Plon, 2004

La Face cachée du pétrole
Plon, 2005

Bush, l'Iran et la Bombe
Plon, 2007

La Face cachée des banques
Plon, 2009

Le Scandale des délocalisations
Plon, 2011

RÉALISATION : NORD COMPO À VILLENEUVE-D'ASCQ
IMPRESSION : CPI BRODARD ET TAUPIN À LA FLÈCHE
DÉPÔT LÉGAL : NOVEMBRE 2012. N° 109338 (69926)
IMPRIMÉ EN FRANCE